피클보다 스파게티가 맛있는 천국

KB193222

피클보다 스파게티가 맛있는 천국
ⓒ 김준녕 2024

초판 1쇄	2024년 10월 2일		
지은이	김준녕		
출판책임	박성규	펴낸이	이정원
편집주간	선우미정	펴낸곳	도서출판 들녘
기획이사	이지윤	등록일자	1987년 12월 12일
편집진행	이동하	등록번호	10-156
편집	이수연·김혜민	주소	경기도 파주시 회동길 198
작가 에이전시	그린북 에이전시	전화	031-955-7374 (대표)
마케팅	전병우		031-955-7384 (편집)
경영지원	김은주·나수정	팩스	031-955-7393
제작관리	구법모	이메일	dulnyouk@dulnyouk.co.kr
물류관리	엄철용		

ISBN   979-11-5925-896-1 (03810)

고블은 도서출판 들녘의 장르문학 브랜드입니다.

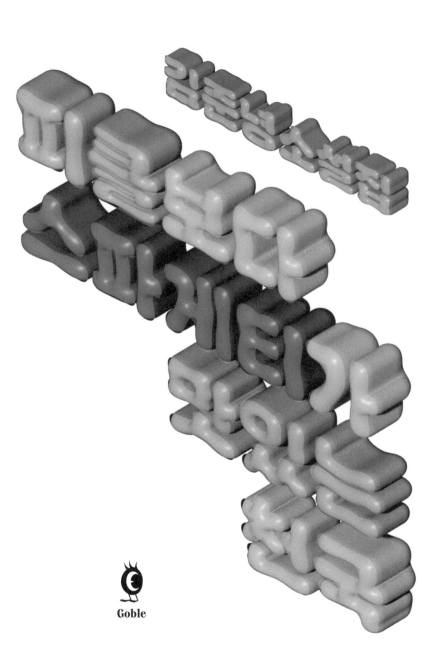

Goble

차례

피클보다 스파게티가 맛있는 천국

2023년 『사랑이 제곱이 되었다 — 시네마틱 픽션2』(허블) 수록

4일 차

"찾았어요?"

"아니요."

"있긴 한 걸까요?"

"확률적으로는요."

6시 29분, 희는 최의 대답을 듣곤 연구실 문을 나섰다.

희가 가고 나면 최는 혼자 연구실에 있었다. 연구실은 한산했다. 물리학 수식이 가득 적힌 문서들이 책상에 널브러져 있었고, 창가에 놓인 다육 식물은 오래전에 죽어 곰팡이가 피어 있었다. 살짝 손만 대도 바스러지는 것이 꼭 모래성 같았다. 최는 다육이가 꼭 지금 연구실 같다고 느꼈다. 사실 종일 연구실을 지키는 사람은 희와 최, 둘 뿐이었다. 가끔 연구실 번호를 착각해 들어왔다가 을씨년스러운 연구실 풍경에 당황한 학부생들을 빼곤 말이다.

*

연구를 주관하던 김 교수가 수험생의 면접 점수를 조작한 게 화근이었다. 그 수험생은 유력 정치인의 아들이었는데, 이유야 뻔했다. 김 교수는 연구원들에게 연구비를 더 받기 위해서였다고 변명을 했지만, 믿는 사람은 없었다. 결국 김 교수는 구속당했고, 연구팀은 해체에 가까운 상황까지 몰렸다.

연구원 대부분은 출근조차 하지 않았다. 지도 교수가 사라진 마당에 그들을 거둘 사람은 없었다. 어쩔 수 없이 그들은 자기 전공과 무관한 기업들에 수백 통의 이력서를 넣거나, 공무원 시험 준비를 했다. 교수의 출소를 기다리는 사람은 없었다.

처음 최가 희를 만났을 때, 최는 희를 다른 연구팀의 직원이라 여겼다. 김 교수가 구속당하고 정확히 다음 날, 희는 자연스럽게 연구실로 들어와 떡하니 자리 하나를 차지했다. 방석을 겹겹이 깔고 앉아 과자를 까먹는 그 모습은 직원이 아니고서야 불가능한 당당함이라, 최는 희에게 누구냐 굳이 묻지 않았다. 희의 큰 키와 말수가 적은 점도 한 몫했다. 나이는 30대 중반이나 40대 초반 정도. 학문에 대한 열정으로 대학원에 왔으나, 결국에는 열정도 사라진 채 반복적인 업무를 하는 박사 과정 대학원생. 전형적이었다.

희가 연구를 하는 것 같지는 않았다. 온종일 책상에 널린 이면지 뒤에다 볼펜으로 선을 긋기만 했다. 볼펜은 학교에서 신입생들에게 나눠주는 1000원짜리였다. 그 볼펜은 볼펜똥을 쏟아내며 수많은 이면지를 찢었고, 희는 그것으로 우주 같은 검은 세상을 종이에 그렸다. 최는 희가 그린 낙서를 보며 우주로 가는 상상을 했다. 희가 연구실에 온 첫날, 최는 자리에서 바삐 펜을 움직이는 희를 슬쩍 보곤 고개를 저었다. 지도 교수가 갑자기 감옥에 갔으니, 정신이 나갔을 만도 했다.

2일 차

"사람이 쓰러졌어요."

6시 29분. 두 번째로 최가 희를 마주한 날의 저녁이었다. 희는 갑작스레 자리에서 일어나더니 최에게 말을 쏟아내기 시작했다.

"2평 남짓한 샌드위치 패널 안에서요. 거기는 환기구도 없어서 여름에는 찜통이 됐어요."

희가 울상이 됐다.

"저는 근로 장학생으로 식당에서 알바하고 있었어요. 식기를 닦는 게 제 일이었죠. 하루에 수천 개씩 닦아냈어요. 땀을 뻘뻘 흘려가면서요. 식기에는 온갖 것들이 가득했어요. 아무튼, 전 사망 소식을 듣곤 학생회관 노동자분들을 설득해서 파업했어요. 학교에서는 경비원들을 동원해서 파업을 막아내려 했고요. 그 과정에서 몸싸움이 벌어졌고, 경비원 한 분이 넘어지셔서 중상을 입으셨어요. 제가 주동자로 몰렸는데, 누구도 보호해주질 않았어요."

희는 입술을 깨물었다. 피가 솟구칠 것만 같았다.

"학교에서 제적당했고, 한동안 정신병에 시달렸어요. 그 왜 대인기피증 있잖아요. 사람만 보면 숨이 쉬어지질 않고, 정신을 잃어버리는."

최는 먼 나라 이야기를 듣는 것처럼 희에게 눈길조차 주지 않았다. 희가 이어서 말했다.

"그런데 그저께 소식을 들었어요. 김 교수, 구속됐다면서요?"

최가 반응하지 않자, 희는 더 열을 내며 말했다.

"그 새끼가 그때 학생회관 관리 책임자였어요. 그 사람 연구실 앞에서 며칠이고 기다렸어요. 대화 한 번만이라도 하자고요. 그런데 그 새낀 우리랑 이야기도 하려고 하지 않았어요. 사람이 쓰러졌는데요! 그래서 아예 연구실 전원을 내려버리려 했어요. 그래야 우리 얼굴이라도 궁금해할 것 같아서요."

희는 과거 생각이 나는지 연구실 복도 쪽을 보며 쓴웃음을 지었다.

"전원을 내리려고 하는데, 바로 그 새끼가 튀어나오더라고요. 사실 대놓고 했어요. 그런데 그 사람, 우릴 보곤 머리끝까지 화가 나서 경찰을 부르더라고요. 여긴 신성한 연구가 이루어지고 있으니 꺼지라고 했어요. 자기는 해야 할 일이 너무도 많다고요. 우린 사람 목숨이 달린 문제라며 소리쳤고요. 미친놈. 자기가 무슨 대단한 일을 하길래 사람 목숨보다 중요한 거예요?"

최가 무심하게 말했다.

"그래서 여기 왔어요? 복수심 때문에?"

최는 온통 모니터에 신경을 곤두세우고 있었다. 모니터에는 숫자들로 가득했다. 이미지나 동영상은 없었다. 희는 최가 무엇을 보고 있는지 도통 알 수 없었다.

희는 고개를 저었다. 복수 때문이었다면, 연구실 내부를 때려 부수든지 했을 것이다. 그것도 아니라면 변기 물을 떠 와 자리에 뿌리거나, 집기를 쓰레기통에 버렸을 텐데, 그녀는 무엇도 하지 않았다. 그저 그저께 소식을 듣곤 김 교수의 연구실에 찾아와 식물처럼 온종일 앉아 있을 따름이었다. 희는 자기 자신을 낯설어하고 있었다. 그제까지만 해도 사람 그림자만 봐도 기겁하며 우느라 숨도 쉬지 못했건만, 뉴스를 접한 어제 갑자기 희는 집을 뛰쳐나와 택시를 타고서 학교에 왔다. 정신을 차리고 보니 연구실 앞이었다. 희 자신도 자신의 행동을 이해할 수 없었다.

희는 말을 매듭짓기 위해 최에게 한 발자국 더 가까이 다가갔다. 최의 얼굴은 기름으로 번들거리고 있었다.

"당신은 알고 있었죠? 나 여기 사람 아닌 거. 신고할 거예요?"

최는 대답하지 않았다. 희가 최에게 쏘아대듯 물었다.

"저기요. 듣고 있어요?"

희는 최의 표정을 살폈다. 최가 말했다.

"지구랑 같네요."

"네?"

최의 대꾸에 희는 어이가 없다는 듯이 턱을 내밀었다. 그러거나 말거나 최는 말을 이었다.

"그 노동자분이 쓰러지셨다는 곳이요. 우리 지구랑 같다고요. 환기구도 없는데, 온실가스는 계속 늘어나고 있죠. 앞으로 여름엔 엄청 덥고, 겨울엔 엄청 추울 거예요. 사계절이 사라질지도 모르고요. 그런데도 인구는 미친 듯이 늘어나고 있어요. 아마 얼마 안 가 모두가 기후 변화로 죽을지도 몰라요."

갑자기 컴퓨터가 열을 내며 소음을 발산했다. 삐비빅. 고물 컴퓨터에서 날 법한 소리였다. 혹여나 시스템이 셧다운되거나, 자료에 에러가 날까, 부품 하나 바꾸지 못한 데다 운영 체제도 10년 전 것을 그대로 쓰고 있었으니 이상 반응은 어찌 보면 당연한 결과물이었다.

최는 두 손을 마주 잡고서 컴퓨터가 꺼지지 않길 기도했다. 그가 할 수 있는 건 그게 전부였다. 다행히 컴퓨터는 쿵 하고 오래된 발전기 소리를 한 번 내더니 다시 정상적으로 작동했다. 새로운 데이터가 나오기까지 시간이 얼마나 걸릴지 몰랐다.

최는 희가 말없이 자신을 바라보고 있자, 의자를 뒤로 크게 젖히고는 말했다.

"신고 안 해요. 말할 사람도 없고요. 따지고 보면 나도 당신이랑 똑같아요."

"어떤 점에서요?"

"외부인이요. 학교 소속이 아니에요."

"그럼⋯."

희는 최에게 '당신은 어떤 사람이냐'고 물을 수 없었다. 최가 사적인 말은 하고 싶지 않다는 듯이 희의 말을 바로 잘라버렸기 때문이었다.

"아무튼, 저도 여기에 소속감은 없어요. 저도 빨리 여기서 떠나고 싶어요. 최대한 멀리요."

희의 눈꼬리가 바르르 떨렸다. 희의 시선은 최를 거칠게 향했다가 바닥으로 떨어졌다. 최가 무슨 말을 하고 있는지 정확히 알지 못했다. 희가 낮은 목소리로 말했다.

"정말 말 안 할 거예요? 아무 조건도 없이요?"

최가 미묘한 웃음을 지었다.

"대신, 이 컴퓨터만 건들지 말아요."

"왜요?"

최가 싸늘한 목소리로 대답했다.

"김 교수님이 말씀하신 대단하고, 신성한 걸 하고 있거든요."

*

최는 지난 한 달 동안 인간의 무력함을 깨닫는 순간들과 마주해야 했다. 김 교수가 구속된 것도 최에게 영향을 미쳤으나, 그보다는 도저히 컴퓨터가 내는 결과물을 받아들일 수가 없다는 점이 더 컸다.

'만약에 없다면?'

그럴 일은 없었다. 확률적으로 불가능에 가까웠다. 지금껏 우리에게 발견된 은하수와 그 속의 항성계, 거기에 속한 행성의 수만 보더라도 우주에 다른 생명체가 존재하지 않을 가능성은 불가능에 가까웠다. 그 확률은 당장 바닥을 가리킨 곳에 미생물이 없을 경우와 같았다.

김 교수는 술을 마시지 않아도 늘 외계 생명체의 존재를 중얼거렸다. 약에 취한 예술가 같았다. 알아주던 수재였던 김 교수는 14세에 미국으로 건너가 3년 만에 대학에 입학했고, 23세에 캘테크에서 천문학 박사 학위를 받았다. 병역과 결혼 문제로 귀국한 김 교수는 한국의 도제 시스템 속에서 살아남기 위해 30년간 돈이 되는 연구만 했다. 이윽고 정교수가 되었을 때에야, 김 교수는 자기가 열다섯 살부터 구상한 연구를 시작할 수 있었다.

　"지구는 돌이킬 수 없는 환경 변화를 맞이하게 되고, 곧 모두가 죽어. 이미 도래했을지도 모르지. 우리는 위기 속에 살아가고 있는 거야. 그렇다고 다른 곳으로 갈 수는 없지. 엿 됐군."

　김 교수는 예언자처럼 되풀이해서 그리 말했다. 그의 마지막 말은 학교 일 때문에 아이들을 보러 미국에 갈 수가 없다는 푸념으로도 들렸다. 연구원들은 그의 말에 시큰둥했다. 일부는 김 교수가 너무 천재라 머리가 돈 것으로만 여겼다. 겉으로만 아부하고, 속으론 욕을 하는 이가 대부분이었다. 다만, 김 교수는 희망을 지니고 있었다. 김 교수는 다른 외계 생명체가 언젠가 인류를 구원할 것이라 믿었다.

　언젠가.

　위험한 말이었다. 그 순간부터 연구는 과학이 아니라

믿음과 신념의 문제로 넘어갔다. 김 교수는 전파망원경을 이용해 외계 생명체를 찾기 위해 일생을 바쳐왔지만, 어떤 소득도 얻지 못했다. 돈이 되지 않는 연구를 계속해서 진행하기 위해 그는 나이 많은 정교수의 지위였음에도 불구하고, 학생회관 관리 책임자 등 여러 일을 도맡아 해야 했다. 그러나 김 교수는 그런 관리자형 인간과는 거리가 멀었다. 맞지 않던 일에 치여 살던 그는 계속된 실패와 좌절로 외계 생명체가 있을 것이란 믿음 자체에 회의를 느꼈고, 결국 최를 고용하기에 이르렀다.

최는 본래 게임 AI를 만들던 프로그래머였는데, 우연히 김 교수가 인터넷에 올려놓은 '외계 생명체 탐색 연구원 모집' 공고를 보곤 바로 지원했다. 단순히 '재밌어 보여서'가 이유였다. 최의 일은 간단했다. 김 교수가 그간 모아 온 데이터를 바탕으로 세계를 창조하는 시뮬레이션 프로그램을 만들어 우리의 세계와 똑같은 세계를 컴퓨터 안에 구현해 그곳에서 외계 생명체의 존재 가능성을 검증하는 것이었다. 그곳이라면 열역학 법칙이나 빛의 한계 속도, KCSI에 등재되는 논문 수, 졸업생의 후원 금액에 얽매이지 않고서 연구를 이어나갈 수 있었다.

최는 코드를 손보아 AI가 스스로 성장하도록 했다. 빅뱅부터 태양계가 만들어져 지구가 탄생해 인류가 지금에 이르기까지, 이 세상과 똑같은 세상을 만들어내기 위해 프로그램은 셀 수 없이 많이 시뮬레이션을 반복해서 가동해야 했다. 그를 위해서는 서버 유지비며, 최의 월급이며, 다른 연구 기관에서 데이터를 사오는 비용 등 어마어마한 예산이 필요했다. 김 교수는 연구비를 구하기 위해 학생회관 관리 책임자 직함을 달았고, 급기야 부정 입학에까지 손을 뻗었으며, 새벽에 대리 운전까지 뛰어야 했다.

*

우리 은하가 만들어지기까지 꼬박 7년이 걸렸다.

태양계가 만들어지기까지는 3년이 걸렸다.

지구가 만들어지고, 생명체가 만들어지기까지는 3개월이 걸렸다.

김 교수가 모은 방대한 데이터를 토대로, 만들어진 세계와 우리 세계에서 조금이라도 다른 점이 발견되면, 즉시 만들어진 세계는 삭제되었고, 다시 세계가 만들어졌다. 선을 긋는 것과 같았다. 점과 점을 이으면 직선 다발이 생겨났고, AI는 점차 문제를 스스로 찾아가며 자기 코드를 수정했다. 컴퓨터 속 세계는 점점 우리 세계와 닮아갔다.

세부적인 부분을 맞추기 위해서 주로 사료가 많은 현대사를 참고했다. 아주 세세하게 컴퓨터 속 세계를 우리의 세계와 똑같이 맞추려 했다. 어떤 버전에서는 1945년에 나치와 일본 제국이 세계를 점령했고, 다른 버전에서는 1989년에 소련의 핵무기 선제공격으로 지구가 멸망해버렸다.

아쉽게도 우리의 것과 똑같은 세계가 컴퓨터 속에 구축되었을 때는 김 교수가 구속된 후였다.

최는 모니터에 출력된 결과를 보곤 쾌재를 외쳤으나, 함께 기뻐할 사람이 없었다. 김 교수를 제외한 연구실 사람들은, 최 역시 김 교수와 마찬가지로 미친 사람 취급했다. 연구의 핵심인 AI를 흔한 대학교 졸업장도 없는 고졸 출신인 최가 설계하고 만들었기에 어디 공모전에 출품하거나, 프로젝트를 건네받을 다른 연구자를 찾을 수도 없었다. 최 또한 그들에게 이 프로그램을 넘긴다 한들 과연 제대로 쓰일까 의문을 품고 있었다. 그들이 보기에 최는 매일 이상한 숫자만 그려진 모니터를 보고 있다가 퇴근하는 기생충이었다.

*

김 교수와 최에게 주어진 근본적인 질문이 하나 있었다.

"그래서, 알아내서 어떻게 할 건데요?"

다른 연구실과의 합동 회식 자리에서 나온 질문이었다. 반도체 쪽과 연관된 박사 과정의 대학원생이었는데, 그는 박사 과정 논문 디펜스를 끝낸 뒤라 그런지 기쁨에 취해 술을 너무 많이 마셔버린 상태였다. 김 교수는 대학원생의 질문에 아무런 대답도 하지 않다가 허허허, 허탈하게 웃으며 자리를 피해버렸다. 젊음이 가져다준 객기 때문이었을까. 최는 홀로 남아, 그와 크게 싸웠다. 끝내 만취한 대학원생은 최의 멱살을 잡고 욕을 쏟아냈다.

"현실 감각도 없는 무지렁이 벌레 새끼. 10년 동안 그거 찾아서 대체 뭐가 좋아졌는데? 돈이라도 벌었어? 아님, 뭐 신약이라도 발견해냈어? 우리가 너한테 돈 벌어다 줄 때 넌 대체 뭘 했냐고?"

연구원들은 억지로 최를 그에게서 떼어냈다. 최는 분을 이기지 못해 상을 엎고는 씩씩거리며 자리를 피해버렸다. 그 후로 회식 자리에 최를 부르는 일은 없었다.

김 교수 구속 후 최는 자신에게 시간이 얼마 없음을 느끼고 있었다. 한국의 대표적인 미션 스쿨인 OO대학에서는 김 교수가 외계 생명체라는, 그들 상식선에선 존재할 수 없는, 돈이 안 되는 대상을 찾기 위해 자신들의 공간을 쓰고 있었다는 점에 은근하게 반감을 표했다. 말 그대로 은근하게였다. 최가 버젓이 연구실 안에 있는데도, 바깥에서 문을 잠근다거나 생활 비품 신청을 누락시키는 등 아주 사소하면서도 끈질긴 방해가 이어졌다.

어제는 라이벌로 불리던 이 교수와 그의 제자들이 연구

실에 노크도 없이 들어와 벽을 뚫니 마니 이야기를 떠들어댔다. 최는 문서들로 가득한 파티션 아래에 숨어 그들을 염탐해야 했다. 그들과 부딪히면 퇴거 명령 일자만 더 빨라질 따름이었다. 최는 부디 자신의 AI가, 만들어진 세계의 모든 행성을 훑을 때까지 연구실이 비워지지 않기만을 바랐다.

*

인간의 목숨보다 중요한 것이 있을까?

희는 처음으로 최와 대화를 마치고서 집으로 돌아가는 길에 과거에 했던 물음을 되풀이했다. 아까 희는 최에게 대체 무얼 하고 있느냐 묻지 않았다. 현기증이 느껴져서였다. 뉴스에서 김 교수의 구속 소식을 듣곤 무언가에 홀린 사람처럼 학교로 왔다. 사람이 죽기 직전에 변한다고 하는데, 그런 게 아닐까 싶을 정도였다.

기세 좋게 집을 나섰을 때와는 다르게 막상 연구실에 도착하자 희는 문 앞에서 오랫동안 고민했다. 죄책감이나 다른 이유는 없었다. 누군가 자기를 신고할까 두려워서였다. 경찰서를 오가고, 재판을 받는 과정에 희는 너무도 지쳐 있었다. 그렇게 연구실에 들어가길 주저하고 있는데, 학부생 하나가 성큼성큼 다가와 문을 열었다. 그는 다시 연구실 번호를 확인하더니 아이씨, 라는 혼잣말과 함께 어디론가 떠났다. 안은 난장판이었다. 아무도 없는 걸 직감한 희는 문을 연 다음 가장 가까운 자리에 앉아 주변을 살폈다.

최의 존재는 퇴근 시간 직전인 6시 20분이 돼서야 알았다. 전까지 희는 널브러진 문서들을 살피며 대체 여기서 뭘 하고 있는지 알아내기 위해 용을 쓰고 있었다. 그러나 보이는 것이라고는 모두 알아보기 힘든 전문 용어뿐이었다. 몰려오는 짜증에 희는 종이 위에 낙서를 하기 시작했다. 모든 것을 모조리 까만 소용돌이 속에 집어넣고 싶었다. 우주 공간에는 블랙홀이란 게 있다는데, 김 교수부터 자기를 도와주지 않은 학생회까지, 전부 그곳에 넣어버리고 싶었다. 정확히 6시 28분에 최는 저녁을 먹기 위해 자리에서 나갈 준비를 했고, 그제야 희는 연구실에 다른 사람이 있음을 알아차렸다. 희는 그를 보곤 자기도 모르게 쏘아대었다.

'저 사람, 뭐야?'

희는 꼭 최에게 답을 얻어내겠다고 마음을 먹었다. 그간 김 교수가 벌여온 모든 일들을 설명해줄 사람은 오직 최 뿐이었으니까.

3일 차

"그러니까, 외계 생명체를 왜 찾는 거예요? 도대체 왜?"

희가 물었다. 최와 희는 학생회관에서 저녁을 먹는 중이었다. 최의 메뉴는 늘 그렇듯 스파게티였다. 공장식 토마토소스에 면을 삶아 그대로 섞은 게 전부인 2300원짜리 스파게티. 희는 한 입 먹어보곤 더는 먹지 않았지만, 최는 소여물 먹듯이 천천히 면발을 삼켰다. 최가 스파게티를 좋아해서 먹는 건 아니었다. 최의 급료는 김 교수의 사비로 나가고 있었고, 그에 따른 한계점은 분명했다. 최도 그걸 알고 있었고, 지난 10년간 저녁마다 이 스파게티 같지 않은 스파게티를 먹어왔음에도 큰 불만은 없었다. 최가 생각했다.

'외계 생명체들이 이걸 먹으면 맛있다고 할까? 되레 불쌍한 눈빛을 보내지는 않을까?'

최는 초록 피부에 눈은 인간보다 배는 큰 그들이 이 맛대가리 없는 스파게티를 몸에 쑤셔 넣는 상상을 했다. 메스꺼움이 느껴졌다. 그런데 그런 망상보다 이제는 김 교수가 잡혀갔으니, 이것조차 먹지 못할 앞으로의 지갑 사정을 고려해야만 했다. 최는 답답한 마음에 피클을 포크로 연거푸 찍어대고는 김치처럼 씹었다. 희가 이어서 물었다.

"이해가 안 돼서 그런 거예요. 만나서 무역을 하는 것도 아니고, 그냥 존재만 확인해서 대체 뭘 하겠다는 거예요? 발전된 기술을 받으려는 것도 아니고, 우리가 거길 점령하려는 것도 아니고요."

최는 말없이 피클만 씹어댈 뿐이었다. 희는 얼굴을 찡그렸다. 우적우적, 최의 피클 씹는 소리가 흉하다고 생각했다. 희는 소리가 나게 포크를 내려놓고는 말했다.

"돈 때문이에요? 그 시뮬레이션 기계로 미래를 예측할 수 있어요? 예측해서 주가나 로또 번호, 뭐 그런 것도 맞힐 수 있어요?"

"아뇨. 우리 미래는 못 맞혀요. 모니터에 나오는 미래는 무한에 가까운, 있을 수도 있는 무한의 세상 중 하나를 집어내는 것과 같아요. 확률적으로 우리 세상이랑 같을 수가 없어요."

"그럼, 대체 그런 걸 왜 하는 거예요? 누가 노벨상이라도 줘요?"

"아뇨."

"그럼 뭔데요?"

최는 의자를 책상으로 밀치고는 자리에서 일어나버렸다. 둘에게로 주변 시선이 쏠렸다. 희는 얼굴을 붉히며 자기가 실수를 한 것 같아 빠르게 최의 뒤를 따르며 눈치를 봤다. 최는 '먹을 만큼만'이라 적혀 있는 통으로 다가가 스파게티를 담았던 그릇에 피클을 가득 담았다. 면보다도 피클의 양이 더 많았다. 최는 다시 자리로 돌아가 묵묵히 피클을 먹기 시작했다. 스파게티를 먹기 위해 피클을 먹는 건지, 피클을 먹기 위해 스파게티를 먹는 건지 알 수 없었다. 희가 천천히 입을 뗐다.

"미안해요. 정말 이해가 안 돼서 그래요. 솔직히 김 교수, 그 사람, 사람이 죽었는데도, 그것보다 더 중요한 일이 있다고 말하는 것도 이해가 안 되고요."

최는 포크로 피클을 찍어대며 말했다.

"어차피 말한다고 해서, 달라지는 게 있을까 싶어서 그래요."

"네?"

"어찌 보면 믿음의 문제예요."

희가 고개를 갸우뚱거렸다.

"당신, 과학자 아니었어요? 과학자가 무슨 믿음을 따져요? 증거, 결과로 해석하는 게 당신들 일 아니에요?"

최가 인상을 찌푸렸다.

"이래서 당신이랑 이야기하지 않으려고 했어요. 당신, 하이젠베르크의 불확정성원리는 알아요? 아니, 하다못해 아인슈타인이 어떻게 상대성원리를 생각해냈는지, 갈릴레오의 사고실험이 뭔지는 아느냐고요. 그 사람들이 돈 벌려고 그랬을까요? 아님, 명예 때문에요?"

"아마도요?"

희의 영혼 없는 얼굴을 보곤 최는 고개를 저었다. 희는 최의 반응이 당황스러워 반사적으로 최의 팔을 붙잡았다.

"알아요. 뭔지 안다고요. 저도 학교에서 다 배웠어요. 다 뭔지는 알아요. 그런데 그게 우리한테 당장 무슨 도움이 되는데요? 내일 죽어가는 사람을 살릴 수 있냐고요. 그걸 알고 싶은 거예요. 그게 그만큼 중요해요?"

최가 희의 손을 뿌리치고는 피클이 가득 박힌 포크로 희를 겨누며 말했다.

"네. 저한테는 중요해요. 김 교수님께서도 당신 질문에 똑같이 답하셨겠죠. 그러니 가주세요. 밥 좀 먹게요."

희는 결국 자리에서 일어나야만 했다. 최는 희가 가고 나서야 들고 온 피클을 모조리 먹어치울 수 있었다.

*

연구실로 돌아가는 길은 멀게만 느껴졌다. 희는 잠시 캠퍼스 안을 돌아다니기로 했다. 최와 함께 연구실에 있는 게 불편할 것 같아서였다. 삼삼오오 학생들이 모여서 수업을 들으러 가고 있었다. 스치듯 봐도 새내기였다. 희는 그들을 따라 불과 1년 전만 해도 자기가 수업을 들었던 건물에 갔다. 회칠한 벽 위에는 대자보가 가득했다. '노동자의 인권을 보장하라!' 'OOO 교수의 성추행 진실을 밝혀라!' 등등 한눈에 보기에도 시급한 문제들이 넘쳐났다. 학생회로 보이는 무리가 희에게 다가왔다. 손에는 A4 용지가 가득했는데, 자필로 쓴 것을 복사한 것 같았다.

"교내 권위적 성폭력 문제 해결에 동참해 주세…."

사회학과 점퍼를 입고 있던 여자가 희에게 아는 척을 했다.

"혹시, 부회장 언니 아니에요?"

희는 다급하게 얼굴을 가리고는 고개를 저었다. 그러나 여자는 집요했다. 희의 팔을 힘껏 내리고는 얼굴을 확인했다.

"맞네, 언니. 얘들아!"

여자가 뒤에 있던 무리에게 외쳤다.

"부회장 언니 왔어!"

시선이 집중되었고, 금방 시끄러워졌다. 희는 숨을 쉬기 어려울 정도로 압박감을 받기 시작했다. 여자는 밝은 표정으로 희에게 물었다.

"언니! 잘 지냈어요? 제적당한 건 들었어요. 잘 풀릴 거라 믿어요. 저희는 지금 OOO 교수 성폭력…."

희는 여자를 밀치고는 뛰기 시작했다. 목적지는 알지 못했다. 단지 그곳을 벗어나고만 싶었다. 머릿속이 하얗게 변했고, 어지러웠다. 그들은 희에게 말했었다.

우리는 늘 함께할 것이라고. 우리는 하나라고.

희는 그 말들을 굳게 믿었다. 그러나 그 누구도 막상 자신이 구렁텅이에 내던져졌을 때 나서주지 않았다. 징계위원회에 바삐 오갈 때에도 시위의 이미지가 나빠질 수 있다며 슬금슬금 연락을 피하던 그들이었다. 희는 자신의 몸이 어디론가 튕겨 나가는 것을 느꼈다. 중앙도로를 내달리는 도중 몇 명의 사람과 부딪혔는지 희는 알지 못했다.

희는 어느덧 학교를 빠져나왔다. 비가 오려는지 하늘에는 검은 구름이 가득했다. 눅눅함과 더불어 속에서부터 열기가 뻗쳐 왔고, 땀이 이마에서부터 흘러내렸다. 숨을 돌릴 틈도 없이 희가 타야 할 1479번 버스가 오고 있었다. 희는 정류장을 향해 내달렸다. 갑자기 눈앞이 까맣게 변했다.

"아이, 씨발."

희는 웬 남학생과 부딪혀 바닥에 넘어졌다. 남자는 들고 있던 가방을 떨어뜨렸고, 희의 무릎에서는 피가 났다. 아주 붉었다. 희는 상처도 못 본 채 고개를 연신 숙이며 미안함을 표했으나, 남학생은 가방을 이리저리 살피더니 희에게 화를 냈다.

"보고 다녀요! 보고! 사람 많은 곳에서 조심 좀 하라고요."

희는 무서워 차마 버스를 타지 못했다. 바로 뒤에 오는 택시를 잡아 타고는 그 안에서 몸을 벌벌 떨었다. 택시 기사가 희에게 물었다.

"어디 가요?"

희는 한동안 대답하지 못하다가 가까스로 입을 열었다. 여전히 고개를 숙인 상태였다.

"여기만 아니면 돼요."

7일 차

'그곳에서는 다를까?'

이 질문은 최에게 너무 일렀다. 우리은하에 생명체는 없었다. 최는 창틀에 말라 죽은 다육 식물을 으깨서 쓰레기통에 버렸다. 바닥에 으스러진 가루들이 흩날렸다. 이골이 난 최는 밤새 프로그램을 이리저리 만지며 반복해서 생명체들을 찾아다녔지만, 우리 은하에서 생명체를 찾을 수는 없었다.

즉, 이제는 우리가 아무리 벗어나려 발버둥 쳐도 외계 생명체가 있는 곳으론 갈 수 없다는 뜻이었다. 최는 프로그램을 조작해 탐색 방향을 다른 은하들로 늘렸다. 시간이 얼마나 걸릴지 알 수 없었다. 기적이 일어나지 않는다면, 퇴거 명령이 집행되는 내일까지는 시간이 턱도 없어

보였다.

희는 이틀 동안 연구실에 나오지 않았다. 최는 희가 연구에 대해 호기심이 식었거나, 완전히 채워졌거나 둘 중 하나라고 생각했다. 희가 앞으로 나오지 않을 것이라 여겼지만, 희는 그로부터 정확히 사흘이 지난 뒤에 모습을 드러냈다. 전과 분위기가 달랐다. 분노가 온몸에 가득하던 전의 모습은 오간데 없고, 열기가 식어버린 묽은 죽 같은 표정을 하고 있었다. 아침부터 오후까지 희는 최의 뒤에 서서 최의 모니터를 보았다. 희는 멍하니 모니터를 응시하고만 있었다. 최는 아무런 말도 없이 자기 뒤에 서 있는 희가 부담스러워 헛기침을 하거나, 팔꿈치로 미는 등 눈치를 주었으나, 그녀는 물러서지 않았다. 꼭 숫자로 가득한 최의 모니터를 읽을 수 있을 것처럼 보였다.

최가 고개를 뒤로 젖혔다. 두통이 몰려왔다. 우리은하에서 가장 가까운 큰개자리 왜소 은하에도 외계 생명체는 없었다. 이대로라면 안드로메다은하, 마젤란은하에서도 좋은 소식을 기대하긴 어려워 보였다.

의자를 뒤로 젖히고서 누운 최에게 희가 물었다.

"그곳에 갈 수는 있을까요?"

최가 팔로 얼굴을 가린 채 대답이 없자, 희는 질문에 살을 덧붙여 물었다.

"당신이 설명한 대로 어딘가에서 생명체를 찾았어요.

아마 우리와 비슷한 환경에서 살고 있을 확률이 높겠죠. 우리가 거기에 갈 수 있을까요?"

최가 의자를 바로 하며 고개를 저었다. 얼굴은 잿빛이었다.

"힘들 거예요. 이미 우리가 살아서 갈 수 있는 거리에 외계 생명체는 없다는 게 밝혀졌어요."

희가 실망감에 미간을 찌푸리며 말했다.

"왜요?"

최가 한숨을 내쉬면서 말했다.

"우리는 빛보다 빠를 수 없고, 빛의 속도는 초속 약 30만 킬로미터니까요. 한계가 있다는 건 참. 꼭 태어날 때부터 족쇄로 발목을 잡힌 느낌이에요. 그 족쇄는 절대 끊을 수가 없어요."

최의 대답에 희는 고개를 떨구었다. 최의 말대로 절대로 벗어날 수 없는 감옥에 갇힌 것만 같았다. 최는 희의 일그러진 표정을 살피더니 컴퓨터 본체를 손으로 두드렸다. 퉁, 하고 텅 빈 소리와 함께 팬이 빠르게 돌아가기 시작했다.

"그래도 여기서는 뭐든 다 할 수 있어요. 어디든 갈 수도 있고요. 잘하면 우리와 다른 존재를 찾아낼 수도 있어요."

희가 음울한 목소리로 물었다.

"그렇지만 대화할 수 있는 상대가 보이는데도 다가갈 수 없다면, 그것만큼 답답한 게 어디 있겠어요?"

최가 나지막하게 대답했다.

"이미 우리가 그렇게 살고 있는 것 같다는 생각을 가끔 해요."

최의 말을 들은 희는 어깨를 축 늘어뜨렸다. 무언가 잃어버린 듯한 표정을 하고 있었다. 최는 평소와 다른 듯한 희의 표정을 보곤 물었다.

"무슨 일 있어요? 언제는 그렇게 김 교수님과 제가 쓸모없는 일을 하고 있다고 그러더니."

희는 주저했다. 그제 일은 입에 담기조차 싫었다. 더군다나 최가 어떤 반응을 보일지 뻔했다. 희는 대충 말을 얼버무리기로 했다.

"그냥. 벗어나고 싶어요. 되도록 여기서 멀리요. 서울에서 지방, 한국에서 외국, 지구에서 다른 행성으로요."

둘은 침묵했다. 우주 공간을 부유하는 것만 같았다. 마침 불어온 바람에 바닥에 떨어진 종이들이 흩날렸다. 최가 잠시 생각에 잠겨 있다가 말했다.

"그런 말이 있어요. 외계 생명체를 믿는 사람일수록 현실이 불행하대요."

"그래요? 왜요?"

"지구에 있는 존재랑 소통이 안 되니까, 바깥 생명체에 기대를 걸어보는 거죠."

"그건 좀….."

"봐요. 당신도 이 짓이 쓸모없다고 생각했잖아요. 사회
에 도움되는 게 없으니까. 예산이나 실적같이 눈에 보이
는 거에만 목숨 거는 사람들은 절대 저 같은 사람을 이해
하지 못해요. 저도 그런 사람들을 이해시킬 수 없다고 믿
고요. 서로 살아온 세상이 너무나도 달라요. 보는 시각도
다르고. 이걸 이겨낼 수는 없을 것 같아요. 세계 어딜 가나
돈, 돈, 돈이니까요. 아마존 부족들도 돈이면 벌목을 눈감
아 준다는데요, 뭐. 점점 더 심해졌으면 심해졌지, 덜 하지
는 않을 것 같아요."

"외계인들은 안 그럴까요?"

희는 다소 가라앉은 목소리로 물었다. 불안이 몰려왔
다. 그들도 그들만의 세상에서 목숨보다도 돈이 최고라
면? 그들도 마찬가지로 우리를 찾는 그 연구를 경제성이
없다며 피하고 있을지도 몰랐다. 그래서 우리가 서로를
찾지 못하고 있을지도. 최가 어깨를 으쓱했다.

"모르죠. 만나봐야 알죠. 만약에 그러면….."

최는 말끝을 흐렸다. 희는 침묵하다가 최가 무엇을 말
하려고 하는지 알겠다는 듯이 고개를 끄덕였다. 최는 한
숨을 크게 내쉬었다. 희는 분위기를 바꾸려 일부러 밝게
최에게 물었다.

"그럼 그쪽은 어떤 점이 불행하길래 그래요?"

희의 도발적인 질문이었다. 최는 엉뚱한 대답을 내놓았다.

"여기 스파게티가 더럽게 맛없어서요."

희는 어이가 없어 웃기 시작했다. 최는 그런 희를 가만히 바라보다가 따라 웃었다. 금세 연구실 내부는 웃음소리로 가득 차올랐다. 여전히 희는 최를 이해하지 못했고, 최는 희를 이해하지 못했지만, 둘은 서로의 웃는 모습을 보고서 웃었다. 남이 들으면 정신이 나간 사람들처럼 보일 것 같았지만 상관 없었다. 웃음은 아주 길게 이어졌다. 이윽고 희가 눈물을 흘리기 시작하자, 최는 희에게 휴지를 두어 장 뽑아주었다. 희가 눈물을 닦으며 물었다.

"스파게티요? 무슨 농담도 참."

"진짜예요. 여기 학생회관에서 파는 거요."

"아, 그거요. 그게 왜요?"

최가 혓바닥을 내밀며 말했다.

"맛이 너무 없어요."

희는 자기가 학생회관에서 설거지했던 때를 떠올렸다. 음식물 쓰레기 중에 스파게티가 차지하는 비중이 제일 많았다. 멋모르는 새내기들이 스파게티라는 이름에 홀려 주문을 했지만, 덩어리진 밀가루 맛에 좀처럼 먹지 못하고 원상태 그대로 퇴식구에 내놓았다.

희는 열심히 그걸 음식물 쓰레기통에 비워냈다. 그런데도 스파게티는 끊임없이 퇴식구를 향해 들이쳤다. 스파게티 가격이 가장 저렴했기 때문이다. 가난한 학생들에게 맛은 고려 대상이 아니었다.

희가 말했다.

"그게, 한 번도 안 볶아서 그래요. 그냥 식은 소스를 아침에 미리 삶아서 통통 불어버린 면 위에다 붓는 게 다니까요."

"왜요? 그거 하나 못 볶아줘요? 그냥 팬에다 넣고 한 번만 볶아줘도…."

"사람이 없으니까요. 그 가격에 먹으려면 그 정도는 감지덕지죠."

"왜 사람이 없는데요?"

"인건비가 비싸서 그래요."

"인건비요? 그래도 많이 사 먹으면 괜찮을 텐데."

"꼭 그렇진 않겠죠. 경제적으로 그래요. 더군다나 학생식당이니까. 올 사람들도 정해져 있고요. 더 설명하자면 긴데…."

희는 설명을 하려다 말았다. 아마 수십 년에 걸쳐 설명해도 최가 알아듣게 말할 수는 없을 것 같았다. 그러나 그 모습이 밉거나 짜증나지는 않았다. 오히려 후에 최가 자신의 설명을 이해했을 때, 어떤 반응을 보일지 궁금하기까지 했다. 최는 입술을 떼었다가 다시 앙다문 희를 보며 고개를 갸웃거렸다. 희가 화제를 돌렸다.

"아무튼, 그거 때문에 불행한 건 이상하지 않아요?"

"왜요?"

"보통 부모님이 아프다거나, 이상하다거나, 본인이 돈이 없거나, 주변 사람들과 관계가 안 좋다거나, 그런 게 불행의 원인이잖아요. 스파게티 때문에 불행하다는 게 일반적이진 않으니까요."

최가 머리를 긁적였다.

"지금은 그래요. 전 먹고살 만큼 돈을 벌고 있고, 좋아하는 일을 하고 있어요. 앞으로 뭘 할지는 모르겠지만요. 부모님은 저 없이도 잘 살고 계시니. 딱히 그거 말고는 불행하진 않은 것 같은데요?"

희의 얼굴에 장난스러움이 가득 떠올랐다. 희는 최와 같은 유형의 사람을 살면서 본 적이 없었다. 세상에는 존재하는 사람의 수만큼이나 저마다의 불행이 있다고 하지만, 스파게티 때문에 불행한 사람이라니.

문득 희는 최라면 오히려 자신을 이해할 수도 있겠다는 생각을 했다. 역설적이었지만, 지금껏 마주친 적 없고, 서로 이해하려 한 적이 없었으니까. 희는 몸을 쭉 빼곤 최에게 물었다.

"정말요? 그럼 당신은, 외계 생명체가 있는 덴 어떤 곳이길 바라요?"

최가 모니터에서 완전히 고개를 돌려 말했다.

"이왕이면, 피클보다 스파게티가 맛있었으면 해요. 여기는 그 반대거든요. 그렇다고 피클이 맛있는 건 또 아니라서."

또다시 희가 웃었다. 갑자기 생기가 자라난 것만 같았다. 희가 싱그럽게 웃는 모습을 최는 처음 보았다. 일부러 그런 웃음을 짓나 싶었다. 희가 고개를 끄덕였다.

"어딘가에는 있을 거예요. 아니다. 제가 한번 스파게티 해줄게요. 나중에 우리 집에 놀러와요."

"언제요?"

희는 핸드폰을 켜곤 일정을 살피다가 최에게 말했다.

"쇠뿔도 단김에 빼라고, 오늘 올래요?"

최가 시계를 보곤 모니터로 시선을 옮겼다. 오늘 연구가 끝날 것 같지는 않았다. 묘한 기류가 흘렀다. 처음 맥스웰 방정식을 마주했을 때와는 또다른 느낌이었다. 여지껏 그 누구에게도 연구되지 않은 주제를 마주한 것만 같았다. 연구자의 마음으로, 최가 고개를 끄덕이더니 가방을 챙겨 들었다.

"어딘데요? 많이 멀어요?"

"아뇨. 그리 멀진 않아요."

최는 희와 함께 그녀의 집으로 가는 순간이 꼭 외계 생명체를 찾아 떠나는 우주여행과 같다고 생각했다. 전혀 다른 환경에서 살아온 누군가와 대화하기 위해 무거운 짐을 챙겼고, 서울 택시는 올림픽대로를 사방으로 가로지르며 교통 규칙이 없는 우주처럼 중력가속도를 충분히 느끼게 했다. 가본 적 없는 의정부 쪽으로 그는 가고 있었다. 멀리 연구실에서는 외계 생명체를 찾기 위한 좌푯값을 실시간으로 계산하고 있었다.

'그와 대화가 통할까? 우리가 한 건 대화가 맞는 걸까? 단순한 울부짖음은 아니었을까?'

이런 걱정과 고민은 빛의 속도로 무너져 내렸다. 단지 서로가 어딘가에 있음을 확인하는 만남이라 해도 최는 상관없을 것 같았다. 희는 택시 옆자리에 탄 최를 흘겨보다 은근하게 손을 잡았다. 모니터 화면이 노란색으로 변했다.

최초의 조우였다.

프레임

경비원은 화장장으로 침대를 끌면서 가슴을 쓸어내렸다. 불과 한 시간 전에는 웬 노숙자에게 방호복이 찢길 뻔했다. 경찰에 잡혀온 그 노숙자는 유리 조각을 꺼내 의사들과 경비원을 위협했다. 아직 안 죽었어. 그의 말은 사실이었다. 그의 심장은 아직 뛰고 있었고, 뇌는 아드레날린으로 범벅이 되어 빠르게 돌아서고 있었으며 무기를 쥔 손은 땀으로 흥건했다. (진정하세요.) 당신 같으면 진정하겠습니까. 노숙자의 떨리는 목소리에 의사가 말했다. (방호복에 조금이라도 틈이 생기면 거기로 바이러스가 감염된다고요. 바이러스에 감염되면 100퍼센트 죽고요.) 노숙자는 손으로 자신의 뒤를 더듬거렸다. 다른 부분과 다르게 꼬리뼈 부근이 오목하게 들어가 있었다. 피부는 땀띠로 까끌해져 있었고, 엉덩이골 사이에 자리한 항문은 거뭇했다. 잠시 시간이나 때우

프레임   43

고자 누웠던 곳에 유리 조각이 있을지 그 누구도 알지 못했다.

거리에는 오가는 사람이 없어 낮잠을 자기에 최적인 상황이었다. 노숙자는 더운 햇살과 바람만 가득 들어선 거리를 보며 저기 순댓국집부터 거리 끝에 있는 대포집까지 사람으로 가득 찼던 14년 전을 떠올렸다. 물론 그때도 숨을 제대로 쉴 수는 없었다. 도로에는 차들이 내뿜는 매연이 가득했고, 중국발 미세먼지와 꽃가루가 뒤섞여 흩날리고 있었으니까. 먼지에 알레르기가 있던 그는 늘 비염약을 달고 살아야 했다.

과거 그는 차를 파는 딜러였다. 한때는 전국에서 손에 꼽히는 판매량을 기록하기도 했으나, 바이러스가 퍼지기 직전에는 해고와 임금 삭감 사이를 벼룩처럼 오가는 삼류 딜러로 살아가고 있었다. 오늘날에는 사람은 없고 벌레 소굴로 변해버린 거리였지만, 과거 그가 이 거리를 지날 때면 목이 탔다. 술집들이 늘어서 있었고, 온갖 곳에서 무언가를 지지고, 볶고, 튀기고 있었다. 실적의 압박과 고객의 폭언에 달아오른 위를 식히기 위해서는 맥주 한 잔이 절실했다. 15년 전 오늘날에는 더욱 그랬다.

그가 팔던 차에서 심각한 결함이 발견되었다. 그의 고객은 대구에서 부산으로 가는 고속도로에서 사고가 나서 죽었다. 물론 고속도로에서 사람이 죽는 사고야 다반사였고, 그에게는 이러한 상황에 대비해 그를 보호해줄 회사의 잘 짜인 매뉴얼이 있었으므로 그저 '운전자의 실수'로 넘길 수도 있었다. 본래라면 사고 당사자인 두 운전자가 차에서 걸어나와 핸드폰으로 사진을 찍고, 차를 끌고 가려는 사설 렉카차를 쫓아내고, 보험사를 부르고, 얼마간의 지루한 협상을 지나 마무리되는 평범한 사례로 남아야 했다.

그러나 그러지 못했다. 고객을 보호해야 할 운전석의 프레임이 무참히 구겨지면서 고객은 자동차 프레임에 깔려 죽었기 때문이다. 안전성 검사 때 버틸 수 있다던 충격의 100분의 1도 채 되지도 않을 단순 접촉 사고였음에도.

단순 딜러였던 그가 어떤 법적 처벌을 받거나, 불이익을 받지는 않았다. 그의 회사 책임이 컸으니까. 역시나 회사는 경험으로 단련된 잘 짜인 매뉴얼 대로 행동했다. 앞으로는 언론을 이용해 물타기를 시도했고, 뒤로는 고객의 아내에게 억 단위 연봉으로 무장한 변호사들과 섭섭잖은 위로금을 보여주며 사건을 무마하려 했다. 젖은 몸이 햇볕에 마르듯 사건은 일어나지도 않았다는 듯이 끝나야만 했다.

고객의 아내는 그의 지점 앞에서 1인 시위를 이어나갔다. 규탄, 처벌, 보상, 같은 단어들이 아내의 얇은 목에 건 팻말에 쓰여 있었다. 아내의 눈은 이미 죽은 사람처럼 혼이 빠져 있었다. 그가 고객의 사망 소식을 듣고 장례식장을 서성였을 때부터 아내는 마치 죽은 사람처럼 행동했다. 누가 와서 인사를 해도 받지도 않았고, 곡을 하지도 않았고, 먹지도 마시지도 않았다. 꼭 죽은 사람처럼 보여요. 장례식장 복도를 청소하던 청소부가 아내를 보며 말했다. 장례식장 주변을 서성이던 그는 차마 안으로 들어서지 못하고, 화장실을 다녀가던 한 아이를 시켜 부의함에 돈 봉투를 넣게 했다. 봉투 겉면에는 회사 이름이 아닌 안상태, 그의 이름이 작게 적혀 있었다.

그가 동이 트기 전에 출근했을 때도, 지하철이 끊기기 직전까지 이어진 야근을 마치고 나와서도 아내는 회사 정문에서 팻말을 들고 있었다. 초등학교 저학년 정도로 보이는 여자아이를 데려온 적도 있었는데, 회사에서는 곧장 집시법을 어겼다며 경찰에 신고했다. 다가오는 경찰들에 아이는 아내의 뒤에 몸을 숨겼고, 아내는 아이의 머리를 손으로 쓸었다. 두 명은 안 됩니다. 경찰이 다가와 이어서 이야기했고, 아내는 그날만은 하루를 다 채우지 못하고 집에 돌아가야만 했다. 이후로 아이는 보이지 않았다.

한 번은 그가 2차와 3차를 넘어 정신이 나가기 직전까지 룸살롱에서 양주를 부어댔고, 마담의 가슴팍에 지폐를 꽂다가 따귀를 맞았을 때였다. 정신을 차려보니 출근 시간까지 채 세 시간이 남아 있지 않았다. 아예 회사에서 잠간 눈을 붙이고 바로 출근할까 했다. 택시를 타고 가다가 회사에 다다르니 익숙한 얼굴이 보였다. 죽은 고객의 아내였다. 가을에서 겨울로 넘어가는 시기의 새벽이었다. 서리가 나뭇가지 아래에 매달렸다가 금세 녹아버렸다. 아내는 퇴근한 직장인들로 비어버린 곳에서 팻말을 들고 있었다. 누구에게 말하기 위해 저리 서 있던 걸까. 이만하면 되지 않았나 싶었다. 그도 고객이 죽고 한동안 슬퍼했으며, 장례식에 간 것도 그러한 이유에서였다. 그가 아내에게 다가가더니 어깨를 덥석 잡아챘다. 아내는 흠칫 놀라며 그를 바라보았다. 그가 말했다. 이렇게 해도 뭐, 뭐라도 해줄 것 같습니까? 그는 침을 튀겨가며 말을 이었다. 저 새끼들이 더 빼먹었으면 빼먹었지, 더, 더 줄 놈들입니까? 아내는 물끄러미 그를 바라보았다. 절대 떨어지지 않을 것 같았던 입이 떨어졌다.

그렇게 부서지면 안 되는 거잖아요.

그는 순간적으로 맥없이 부서져버린 차의 프레임을 떠올렸다. 고객이 당한 사고처럼 그의 눈앞에 그가 판 차의 금속들이 다가오는 듯했다. 그는 고개를 돌렸다. 정신을 놓지 않으려 안간힘을 썼다. 혀가 취기로 꼬였고, 숨을 헐떡거렸다. 아내는 TTS 프로그램 속 목소리처럼 또박또박 그를 향해 말했다. 그러지 말라고 만들어진 건데 그게 그러면 안 되는 거잖아요. 그는 손을 들었다가 제 얼굴을 한 번 쓸어내리고는 나무로 달려가 속을 게웠다. 숨이 제대로 쉬어지지 않았고, 1차 때 횟집에서 먹은 민어 회의 비릿한 향이 코를 쳐댔다. 그대로 택시를 잡아탔다. 택시 기사는 젊은 사람이 왜 그리 술을 많이 자셨냐면서 검은 비닐봉지를 그에게 내밀었고, 그는 비닐봉지를 부여잡고 구역질을 했다. 뜨거운 것들을 토해내는 느낌이었다. 바이러스가 한국 땅에 퍼져 그의 회사가 파산할 때까지 그는 회사로 돌아가지 않았다. 고객의 아내와 아이가 살아 있을지는 미지수였다.

*

노숙자는 거리에 누워 몸을 뒤로 젖혔다. 가로로 놓인 세상은 여전히 인적은 드물었고, 무엇도 한쪽으로 쏠리지 않았다. 갑작스레 창궐한 바이러스로 수천, 수만, 수억이 죽었다고 한들 십 년 정도가 지나면 모두가 교과서에 나올 일처럼 여기고서 모두가 그저 살아갈 뿐이었다. 그 자신도 마찬가지였다. 직장을 잃었다고 한들, 술에 취해 바닥을 뒹굴고, 정신없이 울어대는 짓을 그만두지 않았다. 매일 그런 삶을 이어갈 따름이었다. 아무렴 어떨까 싶었다. 모두가 죽어버린 마당에.

바이러스가 한 번 세상을 휩쓸고 난 뒤 그는 황무지 같은 도심지에 서서 자신이 판 차에 관해 생각했다. 그가 판

차에는 알게 모르게 결함이 하나, 둘 숨겨져 있었고, 딜러들은 그 사실을 쉬쉬하며 고객들에게 차를 팔아대기에 바빴다. 계약을 마치고, 차를 고객에게 직접 가져다주면서 내심 그는 엔진이 결함에 의해 터지거나, 중국제 브레이크 호스가 망가지지 않기만을 바랐다. 다시 딜러들을 찾는 고객들을 보며 운이 좋았던 거라고. 다들 운이 좋아 이렇게까지 살아남은 거라고. 그의 고객처럼 운이 좋지 않아 매우 희박한 확률로 잘못 제조된 프레임이 잘못된 제품 검사를 거쳐, 수만 명의 차량 소유주 중 하필이면 그의 고객에게 갔던 것이니. 다른 이들도 조금만 운이 좋지 않았더라면 차량 결함에, 그것도 아니면 바이러스에 걸리거나, 오늘날에는 방호복에 구멍이 뚫려 죽었을 것이다.

푹. 어딘가에서 공기가 빠지는 듯한 소리가 들렸다. 그가 몸을 비비자 학교에서 그의 담임 선생이 친구의 실리콘 딱지를 손으로 찢었을 때 났던 소리가 들렸다. 노숙자의 방호복이 찢어져 회색빛 살갗이 공기 중에 드러났다. 차가웠다. 서늘함이 그의 등 부분에서 올라왔다. 일상이 되어버린 땀띠 위를 공기가 스쳐 지나자 눈물이 날 것만 같았다. 방호복의 필터를 거치지 않은 공기였다. 먼 옛날 그가 마음껏 마셔댔던 공기. 수많은 미세먼지와 꽃가루 그리고 황사 속에서도 사람들은 수북한 코털로 가득 들어선 코를 벌렁거리며 갓 잡은 활어 같은 그 공기를 들이마셨다. 그는 얼마간은 자리에 누워 몸을 떨었다. 곧 죽음에 다다른다는 슬픔이나 두려움 때문은 아니었다. 생명력으로 충만한 야생 같은 공기가 벌어진 틈을 타고 그의 코에 닿자마자 폐로 곧장 달음박질쳤다. 쉽게 정신을 차릴 수가 없었다. 퇴근 후 마셔댔던 맥주도 이처럼 청량하지는 않았다. 그는 자기도 모르게 구멍에 손을 넣고 틈을 더욱 벌렸다. 금이 간 댐이 터져나가듯이 공기가 쏟아져 들어왔다. 머리가 어질했다. 감당하지 못할 호르몬 덩어리들이 쏟아져 나오는 것 같았다.

정신을 차렸을 무렵에는 해가 이미 머리 한가운데에 떠 있었다. 한때 철판볶음전문점으로 유명했던 가게에 버려져 있던 시계를 확인해보니 열한 시가 채 되지 않았다. 공기 때문이었을까. 알콜이 더욱 빨리 분해되는 것 같았다. 누군가의 그림자가 그의 얼굴 위를 뒤덮고 있었다. (가시죠.) 숨을 참고 정신을 집중해보니 푸른 방호복 위로 경찰 배지가 보였다. 얼굴을 가린 유리막이 짙게 선팅되어 있어 얼굴이 보이지 않았다. 방호복이 뚫리자마자 속에 부착된 센서가 경찰에게 알림을 보낸 것이다. 노숙자가 가만히 누워 필터를 거치지 않은 공기에 취해 있자 경찰이 반말로 명령했다. (일어나.) 노숙자가 경찰의 눈치를 보며 내뱉은 첫 말은 이랬다.

살 수 있습니까?

짙게 선팅된 유리막 뒤에서 어떤 시선이 느껴지는 것 같았다. 경찰이 고개를 끄덕였다. (그래요. 그러니까 따라오세요.) 잠깐만. 기다려 주시겠습니까. 숙취 때문인지 머리가 지끈거렸다. 그는 바닥에 널브러진 알콜팩을 집어들고는 필터에 박아넣었다. 알콜이 꿀렁거리는 소리를 내며 안으로 들어갔다. 세상이 한 바퀴 돌았고, 곧장 정신이 몽롱해졌다.

그는 그 상태로 병원으로 끌려갔다. 경찰차 안에는 그와 같은 부랑자들이 많았다. 모두 정부에서 무료로 나눠준 보급형방호복을 입고 있었고, 그와 같이 무언가에 취해 있었다. 개중 제 몸을 밖으로 반쯤 꺼내놓은 부랑자가 소리를 질러댔다. 수갑을 차고 있어 망정이었지, 바깥에서 만났더라면 턱에 주먹을 박아 넣었을 것이다. 병원에 도착해서는 일렬로 늘어섰다. 모두 얌전하게 (앞으로), 하면 앞으로 갔고, (멈춰), 하면 멈췄다. 개장수에게 잡혀간 개와 같았다. 그들은 몸을 수그리며 방호복에 난 구멍을 숨기려 했지만, 의사는 곧잘 구멍을 찾아냈고 그들에게 화장장으로 가라고 지시했다. 그러면 그들은 또 군말 없이 화장장으로 갔다. 침대에 양발과 양손이 포박된 이들은 간호사가 놔주는 주사를 차례로 맞았고, 이제껏 보인 적 없는 밝은 미소를 보이며 화장장으로 들어섰다. 물론 앞서 몇몇이 몸을 꼬며 반항했다. 그들은 간호사에게 눈을 부라리더니 당신들도 곧 감염될 것이라며, 아니, 이미 감염되었는데 모르고 있을 뿐이라며, 거칠게 저주를 퍼부었다. 그러나 경비원의 주먹 한 방에 저항은 한순간에 멈췄다. 깨져나간 유리막과 함께 피가 번진 하얀 치아들이 바닥에 나뒹굴었다. 뒤이어 간호사가 주사를 놓자, 매서웠던 눈빛은 곧 흐릿해지며 사그라들었다. 그러고는 인자한 부처 같은 인상을 하고는 저 멀리 사라졌다.

　이윽고 노숙자의 차례가 되었다. 다리를 오므려 구멍을 가리려 했으나, 의사는 곧장 공기 중에 노출된 그의 엉덩이 골을 보고는 사망 선고를 내렸다. 경비원이 다가왔고, 간호사는 무표정하게 주사를 준비했다. 그는 두려웠다. 죽기보다 싫다는 말은 사실 죽은 적이 없는 사람이 말했다는 것을 깨달았다. 가만 보니 이곳은 병원이 아니라, 나치의 테레진 수용소와 가까웠다. 산 사람도 곧장 불구덩이 속에 태워버렸다던. 16세기 마녀재판이 이것과 크게 다르지 않았을 것이다. 유일하게 다른 점이라고는 마녀마저 온전히 잠재울 저 마취제뿐이었다. 간호사가 주사를 그의 왼팔 위로 겨누었다. 그는 몰래 오른팔을 뒤로 하고서 엉덩이 골에 꽂혀 있던 유리 조각을 천천히 빼냈다. (따끔합니다.) 순간, 그가 유리 조각을 간호사에게 들이밀었다. 뒤편에 서 있던 의사가 말했다. (진정하세요.) 말과 달리 의사는 무미건조한 표정을 짓고 있었다. 손을 들고서 이렇게 말하는 것 같았다.

   (전 당신에게 아무런 관심도 없으니, 그냥 가주세요. 애초에 당신은
여기에 없었던 것이나 마찬가지일 테니까요.)

   비상구 쪽을 바라보며 은근히 그가 얼른 내려가주기를
바라는 것 같았다. 경비원도 매서운 유리 조각의 날카로
운 단면을 보며 쉽게 다가서지 못했다. 그는 천천히 몸을
뒤로 옮겼다. 경비원이 가만히 틈을 보다가 그에게 달려
들었다. 그가 유리 조각을 휘둘렀다. 유리 조각은 경비원
의 팔뚝을 그었으나, 방호복을 완전히 뚫지는 못했다. 기
겁한 경비원은 땅에 주저앉아 제 손으로 팔뚝을 감쌌다.
노숙자는 몸을 돌려 비상구로 도망쳤고, 간호사는 발을
구르며 의사에게 어떻게 하냐고 물었다. 의사는 팔을 괴
고는 얼마 못 가 쓰러질 것이라 말했다.

   놀라운 점은 간호사를 제외하고는 누구도 동요하지 않
았다는 것이다. 함께 끌려온 부랑자들은 비상구로 향하는
그를 물끄러미 바라보기만 했다. 횟집 수족관에 들어서
있던 물고기들이 횟감으로 뜰채에 건져지는 다른 물고기
를 보고 있는 것 같았다. 다들 눈만 끔뻑거릴 뿐이었다. 모
두들 그저 앞으로, 앞으로 화장장을 향해 다가설 따름이
었다. (다음.) 의사가 외쳤다.

*

노숙자는 비상구를 열고 계단 아래로 내달렸다. 아무리 뛰어도 숨이 차지 않았다. 방호복이 찢어지기 전에는 조금만 걸어도 곧잘 숨이 찼다. 코와 입에서 폐까지 이어진 관에 장애물이라도 단단하게 박혀 있었던 것 같았다. 그는 놀이터를 노니는 어린아이처럼 계단을 뛰어 내려갔다. 경찰도 대부분 바이러스로 죽은 마당에 그를 막을 사람은 얼마 없었다. 설령 있다고 해도 어쩌겠는가. 이미 죽은 목숨, 본래 모두 태어날 때부터 다 죽은 목숨이었다. 죽음이 눈앞에 보이냐 마냐, 더 가까이 보이냐 멀리 보이냐의 차이만 있었다. 죽음을 두려워하지 않은 사람이라면 이미 바이러스가 창궐했을 때 죽었을 테니, 지금 세상에 남은 것들이라고는 순 쫄보들뿐이었다. 능청맞은 놈들은 격리 생활이 답답하다며 바깥에 나갔다가 죽었고, 간 큰 놈들은 단순한 감기 정도로 치부하며 친구를 만났다가 어깨동무하고서 함께 죽었다. 의로운 자들은 그런 감염자들을 구하려다가 죽었다. 방구석에서 인터넷을 보며 낄낄대는 겁쟁이들과 미리 위험성을 알고 벙커로 도망친 정치인과 그 가족들이 세상에 남은 대부분이었다. 성격도 유전된다는 연구 결과에 따르면 인류는 비열한 자들과 겁쟁이들만 계속해서 남게 되었으므로 그 미래가 전혀 밝다고 말할 수 없었다.

노숙자는 조금이라도 피부로 공기를 더 느끼고 싶었다.

14년 전처럼 광장을 떠돌고, 바람을 느끼고 싶었다. 그의 친구가 가끔 영국에서 직접 수입해 팔았던 에스턴 마틴을 몰고서, 지금은 텅 비어버린 강남 일대를 질주해보고 싶었다. 뚜껑을 열고서 영동고속도로를 내달리며 콧구멍에 바람을 가득 불어넣고는 얼마 남지 않은 머리카락을 휘날리며 동해 1번 국도를 향해 달리는 일은 얼마나 짜릿할까. 스포츠카를 팔기 위해서는 돈 많은 젊은 사업가들을 상대해야 했다. 그러기 위해서는 그 자신이 힙-하지 않고서는 불가능했다. 힙-한 그들은 홍대와 압구정역, 그리고 신사역 주변을 팔자로 그리며 자신들을 뽐냈다. 손목에는 그의 6개월 봉급에 해당하는 시계가 네온 빛에 거침없이 번쩍였다. 노숙자는 그들을 쫓아다니며, 한껏 폼을 잡았다. 그러나 이 힙-하다는 것은 초단위로 진화하는 외계 생물 같아서 어떤 정설이 없었다. 그것을 쫓는 데에만 천문학적인 시간과 돈이 들었다. SNS에는 적국 스파이를 감시하듯 제 행동을 모두 보고해야 했고, 월급 액수를 훨씬 넘는 명품을 몸에 걸치고 과시하면서도 고객 피드에 아부성 댓글을 남기며 그들의 발 아래에 엎드리고 있음을 드러내야 했다. 그에게는 여태 완전한 자신의 것은 없었다. 모든 것에 할부와 대출이 껴 있었고, 언제 무너질지 모르는 모래성처럼 아슬하게 살아왔으니, 이제는 자기 것을 가지고 죽어야 하지 않을까 싶었다.

1층에 도착하자, 분주한 접수실 풍경이 보였다. 차들이 무질서하게 주차장에 주차되어 있었고, 방호복을 입은 사람들이 가득 차 있었으나, 모두가 흰 방호복을 입은 모습이라 환자와 보호자가 서로 자리를 바꾸어가며 환자 행세를 하는 것 같은 착각을 불러일으키기도 했다. 구청 직원은 머리를 싸매고는 겨드랑이에 서류를 한가득 끼고 있었다. 대기실과 1층을 바쁘게 오간 탓인지 직원의 덧신은 금방이라도 떨어질 것 같았다. 구청 직원은 늘어선 환자들을 보더니 피곤한 눈빛을 보였다. 구청 직원은 사정없이 울려대는 전화를 받고는 말했다. (그 환자요?) 물끄러미 그는 노숙자를 보더니 말했다. (몰라요.) 몇 마디 말이 들렸다. 구청 직원은 한숨을 내쉬었다. (그쪽에서 애초에 놓치지 않았으면 된 거 아닙니까? 무기요? 그런 거 모르겠고, 직접 와서 잡아가든 해요. 안 그래도 바이러스가 아니라 과로로 죽을 판에.)

그는 구청 직원의 눈치를 살피기보다 환자의 손을 잡고서 병원으로 들어서는 이들을 곁눈질해댔다. 방호복 때문에 누가 누군지 제대로 구별하기가 힘들었다. 자신도 저들과 다를 것이 없을 것이다. 한 노인이 까무라치며 외쳤다. (저 사람! 엉덩이!) 사람들이 일제히 그의 엉덩이를 봤다. 거뭇한 엉덩이가 바깥으로 노출되어 있었다. 다른 노인이 소리쳤다. (감염자다!) 사람들은 그를 피해 반대쪽으로 도망치기 시작했다. 환자들을 애처로운 눈빛으로 바라보던 보호자들은 환자를 그대로 버리고 갔고, 침상 위에서 죽어가던 환자들은 이 땅의 자칭 재림 예수를 만난 것처럼 벌떡 일어나 서로를 밀치며 달아났다. 의사들은 괜찮다며 그들이 입고 있던 방호복을 가리켰으나, 사람들은 피를 토하며 죽은 자신들의 가족과 지인들을 기억해내며 도망치려 했다. 자신들이 두께 2밀리미터에, 최첨단 기술을 접목한 필터가 달린 방호복을 입었다는 사실을 망각한 채로.

노숙자는 수치심을 느끼지 않았다. 오히려 더욱 엉덩이를 드러내려 구멍을 크게 찢어댔다. 스트리퍼처럼 알몸을 한껏 드러낸 그는 몸을 흔들었다. 될 대로 되라는 식이었다. 허벅지 사이로 성기가 그의 몸짓에 맞게 덜렁거렸다. 사람들은 악마를 맨눈으로 본 것처럼 겁에 질린 표정을 했다. 그는 그 얼굴들을 보고는 더욱 신나서 방호복을 찢어댔다. 이제는 반쯤 나체가 되어 있었다. 왼쪽 젖꼭지가 한여름에 늘어놓은 시래기처럼 늘어졌고, 겨드랑이에서 풍기는 냄새는 살인적이었다. 병원 안 사람들은 그를 심해에서 올라온 고질라 혹은 외계에서 인류의 멸망을 위해 보낸 화성인처럼 바라보았다. 그와 일정한 거리를 둔 채, 어떻게든 그를 피해 달아나려 했다. 이제껏 응답 없던 신을 찾아 애원하기보다 서로를 밀었고, 방호복을 입어 안전함에도 혹시나 모를 죽음에 대한 위협에서 벗어나기 위해 문으로 내달렸다. 그가 발을 딛는 곳마다 사람들은 몸을 떨었으며, 뒷걸음질쳤다.

그들이 질서정연하게 병원을 나섰다면 환자 셋과 보호자 둘이 죽지는 않았을 것이다. 혼란 속에서 심장 마비로 노인 둘이 죽었고, 나머지 셋은 졸음운전을 하던 일흔아홉 먹은 노인의 산타페에 치여 부상당했다.

경찰이 일흔아홉 먹은 노인을 발견했을 때, 노인은 화장실에서 온몸을 락스로 문질러대고 있었다. 노인은 정당방위를 주장했고, 경찰에게 자기 방호복을 찢어대는 사람에 대해 주절거렸다. (여태 살면서 그런 건 처음이었어.) 경찰이 그의 인상착의에 대해 물었다. 노인이 대답했다. (그래도 엉덩이는 봐줄만했지.) 경찰은 노인의 마지막 진술이 다른 목격자와 일치하지 않는다는 사실로 정당방위를 부정하고서 일급 살인으로 노인을 곧장 병원에 보내 화장시켰고, 그것으로 사건은 종결됐다.

*

이제껏 이런 동물을 본 적은 없었다. 병원을 빠져나간 노숙자는 발걸음을 늦추거나 숨을 죽이지 않았다. 먹잇감을 향해 성큼성큼 걸어갔다. 그의 눈앞에는 8기통 터보 엔진을 장착한 페라리가 보였다. 페라리는 중고차들이 늘어선 주차장 한가운데에 주차되어 있었다. 무광 블랙으로 표면이 래핑되어 있었고, 바디라인의 곡선은 매끈했다. 그는 처음 스포츠카를 몰았을 때처럼 침을 삼켰다. 정신이 없었다. 배기구를 살피는 그의 표정은 행복하다 못해 일그러져 있었다.

당시 그는 20살이었고, 그저 그런 대학에서 경영학과를 다니는 그저 그런 신입생이었다. 차에 대해 그다지 관심을 가지지도 않았다. 취직할 때면 아반떼를, 돈을 조금 더 모아서는 그랜저를, 그리고 운이 좋아 돈을 많이 번다면 제네시스를 살 것이라 막연히 믿고 있었다. 미래를 설계하거나, 어떤 삶을 살겠다기보다 당장 하루하루 무얼 할지가 더욱 중요했고, 그는 술자리를 오가며 그와 비슷한 하루살이들과 어울렸다. 한 날은 불이 꺼진 학교 안 벤치에서 술판을 벌이고 있었다. 대형마트에서 소주를 페트로 샀고, 술맛이 싫다는 동기들을 위해 사이다와 오렌지 주스를 샀다. 안주는 컵라면에 과자 몇 개뿐이었으나, 그 누구도 불평하지 않았다. 그들에게는 오직 술만이 필요했다.

그 자리는 학과 동기 셋과 그들의 친구, 지인이 뒤섞인 말그대로 '어지러운' 모임이었다. 남자들은 서로가 일면식도 없으면서 형, 동생을 정했고, 여자들은 책상을 두들기며 뭐가 웃긴지 깔깔거리며 웃어댔다. 그중에서도 정은 인기가 많은 부류에 속했는데, 얼굴도 잘생긴 데다가 아버지가 지역 유지로 건축 관련 일을 한다고 했다. 정은 천장이 열리는 파란색 BMW를 타고 다녔다. 아우라시스 배기로 손수 튜닝해서 그런지 그 고막을 울리는 배기 소리만으로도 정이 학교 어디에 있는지 집어낼 수 있을 정도였다. 아이들은 차를 한 번이라도 타보고 싶어 정과 친해지려 했다. 어린 노숙자도 마찬가지였다. 다행히 그는 남의 부를 질투하기보다 쉽게 인정하는 성격으로 정과 쉽게 친해졌다. 그 태도는 후에 딜러가 되었을 때도 잘 작용했다.

그가 느끼기론 부자는 부자인 이유가 있고, 빈자는 빈자인 이유가 있었다. 적어도 그가 만난 부자들은 모두가 거만하기보다 겸손했고, 무엇보다 긍정적인 자세를 체화하고 있었다. 반면에 빈자들은 끊임없이 눈치를 보다가 어떻게든 자기 것을 챙기기 위해 무엇이든 했다. 그는 노동 운동을 하는 친구들을 보며, 노동자들도 사람이라 말했다. 그들은 그의 말을 그의 의도와는 다른 의미로 받아들이고는 그를 자신들과 같은 뜻을 가진 것으로 여겼다. 정은 주마다 애인을 갈아치웠다. 이상하게도 헤어지고 나면 그는 항상 오열하면서 전 애인을 사랑했다 말했다. 노숙자는 사랑이 그리 쉽게 찾아오는 정을 처음에는 부러워했다가도 이후에 사랑으로 결혼한 아내와의 관계가 시들어가다가 이혼 후 생활비를 매달 입금하고 나서야 친구가 얼마나 힘들었을지를 그제야 가늠할 수 있었다.

처음 노숙자가 슈퍼카를 몬 그날, 술자리에는 정의 마음에 쏙 든 여자 둘이 있었다. 화장실에 가서는 정은 맛이 가기 시작한 남자 동기들을 위협하며 그 둘을 건드리지 말라고 했다. 가수 데뷔를 한다며 홍대 클럽을 돌아다니다던 한 동기가 정에게 시비를 걸었다. 둘을 사랑한다는 게 말이 되냐? 정은 동기를 노려보았다. 금방이라도 동기의 목에 날카로운 무엇을 찔러넣을 것 같았다. 그 말을 듣던 어린 노숙자도 의문을 가졌다. 어떻게 둘을 사랑할 수 있을까? 한쪽을 소유하면서도, 소유되고 싶고, 동시에 다른 쪽도 소유하면서 소유되고 싶다니. 아무리 자유를 중요시하는 미국이라 해도 정의 행동은 독과점 방지 정책으로 제지당할 터였다.

정말 사랑이긴 했던 걸까. 자리로 돌아가자 동기는 누가 봐도 티가 나게끔 정이 관심을 가지던 여자 아이를 유혹하기 시작했다. 얼굴을 가까이 가져다댔고, 핸드폰으로 MR을 틀고는 사랑 노래를 불렀다. 정은 그것을 물끄러미 바라볼 따름이었다. 술 게임을 하다가 동기는 슬쩍 여자 아이의 손을 맞잡고는 자릿한 미소를 정에게 내보였다. 자정이 채 되기도 전에 다들 술에 취했고, 몇몇은 아예 뻗어 움직이지도 않았다. 정은 술을 한 모금도 입에 대지 않아 멀쩡했다. 당시에도 나름 술이 강한 편이었던 어린 노숙자는 정을 배웅하기 위해 밖으로 나섰다. 핸들을 잡고 있던 정이 창문을 내리지 않은 상태로 그에게 말했다.

"네가 몰아볼래?"

정이 60개월 리스로 차를 샀었고, 절대 그것을 갚을 생각이 없었다는 사실을 정이 문고리에 묶인 끈을 제 목에 감은 상태로 발견되고 나서야 노숙자는 알아차렸다. 정의 아버지는 영덕에 기반을 둔 건축소장이 아니었고, 라면과 김밥을 파는 조그마한 분식집 사장이었다. 김밥에 들어갈 재료를 조금씩 덜어내며 돈을 아꼈던 정의 아버지는 3년을 넘기지 못하고 장사를 접었고, 매일 같이 새벽 물류창고에서 알바를 하던 정은 그로부터 얼마 지나지 않아 죽었다.

노숙자는 대학 졸업 후 정과 연락이 끊겨 소식을 알지 못하다가 그가 판매 실적의 압박을 받았을 때, 과거 지인들에게 차를 팔아볼까 주변에 연락을 돌렸다가 정의 부고를 접했다. 그는 정의 얼굴을 떠올리려 했지만, 떠오르지 않았다. 대신 당시 차에 올라타 액셀에 처음 발을 올렸을 때를, 그는 지독하게 기억한다. 중력이 바닥에서 수직으로 솟구치는, 세상이 뒤집히는 느낌이었다. 갈 수 없을 곳에도 갈 수만 있을 것 같았다. 이곳이 아닌 저곳으로. 저곳이 아닌 이곳으로. 노숙자가 차를 파는 딜러가 된 것은 순전히 정 때문이었다.

*

　단순히 차가 있다고 해서 차를 몰 수는 없었다. 무언가에는 항상 주인이 있었다. 강가에 널브러진 돌멩이에도, 이름 없는 무인도에도, 그리고 이 위엄 넘치는 페라리에도. 그는 사무실 안으로 들어갔다. 사무실 안은 사람들로 가득 차 있었다. 사무실 안 상황만 놓고 본다면 바이러스의 계획은 철저히 실패한 것처럼, 오히려 사람들을 한층 진화시켰을 뿐이었다. 제2의 인공 피부를 얻게 된 인류는 이제 더는 바이러스에 감염되지 않았다. 사스, 메르스, 콜레라 등 인류를 괴롭혔던 것들과 완전히 작별했다.

　고급 차를 취급하는 딜러로 보이는 이가 금방 발견되었다. 안전하게 필터 탈부착이 가능한 최신형 방호복에 목 주변부에는 금빛 테를 두르고 있었다. 딜러는 전화로 고객과 상담을 이어가는 중이었다. 노숙자가 물었다. 차 좀 보러 왔습니다. 딜러는 이해할 수 없다는 듯이 고개를 갸웃거렸다. (찾으시는 차 있으신가요?) 그가 바깥을 가리켰다. 페라리요. 딜러는 위아래로 그를 훑어보더니 옆으로 손을 뻗었다. (저기 옆으로 가보세요.) 그는 주변을 둘러보다가 벽에 걸린 차 키를 발견했다. 말이 성이 난 자세로 앞발을 들고 있었다. 그런데 살짝 이상했다. 페라리를 취급하는 딜러는 그와 같은 보급형 방호복을 입은 사람이었다. 방호복 주변에는 어떤 액세서리도 달리지 않았다.

　노숙자는 딜러에게 다가가 물었다. 차를 좀 보려고 하는데요. 딜러가 고개를 들어 끄덕였다. (잘 오셨습니다.) 이제 어찌해야 할까. 그에게 계획은 없었다. 그저 차를 달라고 하면 줄까 싶었다. 주지 않으면 강제로라도 빼앗을 생각이었다. 왜냐고 물으면 다들 그래 왔으니까. 겉으로 드러나지 않았을 뿐 우리는 늘 누군가의 것을 빼앗아왔고, 죽기 직전에서야 천국에 보내 달라며 본성을 드러낼 따름이었다. 노숙자가 말했다. 당신이 딜러입니까? 딜러는 노숙자를 노려보았다. (무슨 문제 있습니까.) 그게, 잘 이해가 안 돼서요. 딜러는 자기 방호복을 만져대며 말했다. (이거 때문입니까?) 노숙자는 고개를 끄덕이지 않았다. 딜러는 한숨을 크게 내쉬었다. (타워 펠리스 지하 주차장에서 가져왔습니다. 일가족은 물론, 친척들도 모두 죽어 오래 방치되었더군요. 기름을 워낙 많이 먹어서 요즘에는 제대로 몰지도 못해요. 얼마 전에는 1리터에 십만 원이 넘었던데.) 사우디아라비아 같은 석유를 생산하는 국가들이 괴멸하면서 기름 자체가 생산되지 않았다. 기름값은 계속해서 올랐고, 정부에서는 한때 국가 지정 차량을 제외하고는 자가용을 금지한 적도 있었다. 그가 물었다. 타볼 수 있겠습니까. 딜러는 자기에게 가까이 다가오라고 했다. 그가 귀를 가져다 대자 딜러가 말했다. (요새는 저런 차들이 넘쳐나요. 빈자들보단 덜하지만 부자들도 많이 죽었거든요. 그냥 잠실이나 여의도 주변을 돌다가 먼지 좀 쌓인 차는 그냥 잡아타면 돼요.) 제가 시간이 없어서요. 그가 딜러에게 찢어진 구멍을 보였다. 딜러의 얼굴이 구겨졌다. 그러나 다른 이들처럼 놀라 신고를 위해 달려가지는 않았다.

노숙자는 딜러에게 애원하고 싶지는 않았다. 저 무식한 8기통 엔진과 페라리를 관으로 삼고 싶을 뿐이었다. 이 정도면 거대한 인공 산을 만들어낸 이집트 파라오 부럽지 않았다. 딜러가 노숙자 방호복의 뚫린 구멍을 보며 건조하게 물었다. (얼마나 남았습니까?) 잘 모르겠습니다. 딜러는 주변을 살피다가 그의 손에 들린 유리 조각을 발견했다. 딜러의 판단은 빨랐다. 잠시간 생각에 잠겼다가 그에게 키를 건네주었다. (그냥 가져가세요. 어차피 자리만 차지하고 있었습니다.) 딜러는 키를 받아 들고는 고개를 숙였다. (잘 가십쇼.)

노숙자는 바깥으로 나가며 이상한 기분을 느꼈다. 짬뽕을 시켰는데, 탕수육이 서비스로 배달되었을 때와 느낌이 비슷했다. 이제야 세상이 제대로 돌아가는 것일지도 몰랐다. 어쩌면 망해가는 게임 속에서 운영자가 서버를 닫기 직전에 유저들에게 아이템을 그저 주는 것 같기도. 그는 페라리 앞에서 자세를 잡았다. 엉거주춤하게 엉덩이를 붙이고서 오른발을 살짝 앞으로 뻗었다. 액셀을 밟아대는 상상을 했다. 몸이 뒤로 쏠릴 것이고, 떨림이 곧장 그의 몸을 지배할 것이다. 제로백이 1초도 되지 않는다고 들었다.

차를 몰 사람들이 대부분 죽어 도로는 비어 있었다. 옛날에는 그리도 꽉 막혔던 올림픽대로 한중간에서 드리프트를 해도 상관 없을 정도였다. 심장이 사정없이 뛰었다. 그는 차에 다가가 키를 눌렀다. 전자음이 들리며 자동으로 문이 열렸다. 침을 한껏 삼키고는 운전석에 털썩 주저앉았다. 차체가 낮아서 그런지 바닥에 거머리처럼 착 달라붙는 느낌을 받았다. 떨리는 마음으로 차 키를 천천히 꽂았다. 완전히 시계 방향으로 젖히자 시동이 걸렸다. 거친 말이 발정난 것 같은 소리가 울렸다. 그리고 절대 해서는 안 될 짓을 했다. 기어를 중립을 놓고는 브레이크를 밟고서 액셀을 밟았다. 엔진에 무리가 가기에 절대 해서는 안 됐다. 그그그그. 엔진이 터질듯한 소리를 내었다. 연료가 얼마 남아 있지 않았다. 주유소에 갈 돈도 없어 연료가 허락하는 정도만 갈 수 있었다. 기껏해야 삼십 분이었다. 주변 지리를 떠올렸다. 액셀에 발을 올렸다.

예상대로 시트에 감기듯이 목이 뒤로 젖혀졌다. 맞은편에 주차된 소나타의 범퍼 긁고서 핸들을 틀었다. 아슬하게 밖으로 나섰다. 액셀에서 발을 떼지 않았다. 두통으로 관자놀이를 누르듯이 지긋이 눌러댔다. 언제 죽어도 이상하지 않았다. 아니. 지금까지 죽지 않은 게 오히려 이상했다. 고객이 죽었고, 더는 회사에 나가지 않았고, 실직

했고, 그 때문에 이혼했고, 술에 의존해 살다가 바이러스가 퍼졌고, 그 탓에 혹은 그 덕에 술을 한동안 구하지 못해 살아남았다. 노숙자가 되어서는 바닥을 구르며 다녔는데, 방호복 때문인지 그 흔한 감기에도 한 번 걸리지 않았다. 세상이 미쳐 돌아가다 보니 자신 같은 작은 것들에는 바이러스도 신경쓰지 않는 것 같았다. 자동 변속을 기다릴 수 없어 수동으로 기어를 조작했다. 정신을 차려보니 어느새 6단이었다. 차는 굉음을 내며 그가 두 시간 걸쳐 걸어왔던 길을 불과 15분만에 지나쳤다. 마지막 순간에 노숙자는 자신의 방호복을 완전히 벗어던지기로 했다. 속도계는 붉은 점을 향해 가고 있었다. 엔진 소음으로 귀가 멍했다. 목적지는 없었지만, 기왕이면 인천까지는 갈 생각이었다. 문제는 기름이었다. 스포츠카답게 그의 남은 수명만큼 기름은 빠르게 닳았다. 삼십 분도 채 가지 못할 것 같았다. 결정해야 했다. 그는 양화대교를 지났을 때 방호복을 완전히 벗으려 했다. 안전벨트를 풀기 위해 손을 뻗었다. 순간, 그의 시야에 화물차가 들어섰고, 핸들을 급히 틀었다. 차가 한 바퀴 돌았다. 그래, 이대로 죽는 거다. 차는 그대로 난간을 쳤다. 에어백이 터졌고, 그는 순간이지만 정신을 잃었다.

안타깝게도 모건 프리먼이 반겨주는 천국에서 깨어나지는 못했다. 노숙자가 정신을 차렸을 때 차는 난간에 아슬하게 걸려 있었다. 그가 액셀을 밟아댔지만, 엔진이 망가졌는지, 소음만 들릴 뿐 움직이지 않았다. 끝까지 멋이 없었다. 왜 그에게는 영웅적인 죽음이 허락되지 않는지. 공화당 인사들에게 죽임을 당한 카이사르나 자기 머리를 날려버린 커트 코베인까지는 바라지도 않았는데. 끝까지 힙-하지 않게 죽다니. 하필이면 생각보다 튼튼한 차체에 그는 눈물을 흘려댔다. 문을 열고 싶었으나 찌그러져 열리지 않았다. 조수석 쪽 문을 열려 했지만, 안전벨트 버클이 망가져 움직일 수조차 없었다. 그는 몸부림쳤다. 제발 이 순간만을 기다려왔다. 완전히 벗어나고 싶었는데, 도저히 움직일 수가 없었다. 신이 그의 기도를 들었는지 순간 차가 크게 기울더니 그대로 한강을 향해 떨어졌다.

*

이마가 찢어지며 피가 흘러 앞이 제대로 보이지 않았다. 손가락뼈가 뭉개져 옷을 더는 찢을 수도 없었다. 그는 고통을 느끼면서도 몸을 비틀었다. 벗어나고 싶었다. 자신을 구속하는 모든 것에서 완전히 자유롭고 싶었다. 문을 열고 싶었으나 차 안으로 점점 물이 들어차고 있었다. 점차 차안을 채우던 물은 이윽고 그의 방호복 안으로 들어섰다. 비릿한 바다 냄새가 느껴졌다. 그야말로 날 것이었다. 물은 그의 몸을 휘감았다. 시원했다. 바이러스가 나타나기 전에는 느낄 수 없었던 청량감이었다. 누군가 자신의 온몸을 구석구석 혀로 핥는 듯한 느낌이었다.

그는 자신을 향해 몰려오는 거대한 먹구름을 보았다. 액셀을 밟았다. 번개가 치는 먹구름 속을 달리는 페라리란. 가슴이 두근거렸다. 액셀을 더 강하게 밟아댔다. 분명 차는 움직였다. 그의 생각대로라면, 지구상에 존재했던 어떤 차들보다 빠르게, 앞으로, 앞으로, 지구를 1초에 열세 바퀴 돈다는 빛처럼. 그가 미처 알지 못하는 순간에 말이다. 차는 먹구름 속으로 빠르게 다가갔다. 먹구름 안으로 완전히 들어가자 강렬한 원색들이 보였다. 그것은 서로 섞이지 못하고, 이질적이었으며, 층을 나누고 있었다. 그것들을 한껏 들이키자 색들은 차 안으로 들어찼다. 그의 방호복 안으로도 무참히 침투해왔다. 피부를 제외하고도 목으로 걸쭉한 것이 빨려 들어왔다. 그가 액셀을 밟아대면 댈수록 색은 더욱 선명해졌다.

에코카보니스트

갈증으로 목이 탔고, 땀이 온몸을 뒤덮었다. 땅을 파는 데에 이골이 난 장정들도 한여름 햇볕에는 속수무책이었다. 아마 이십 년 전이었더라면, 아직은 아열대 기후 아닌 한반도에 소나무가 뒤덮여 있었던 그때만 하더라도, 이렇게 힘들지는 않았을 것이다. 김 씨 아저씨 이마에 흐른 땀이 후드득, 묘목 뿌리를 덮은 흙 위로 떨어졌다. 이 씨 아저씨가 능숙한 솜씨로 삽으로 흙을 고르자마자, 나는 물지게를 기울여 그 위에 물을 부었다. 톱니바퀴가 맞물리는 기계처럼 손발이 맞았다.

"쉬어!"

작업반장의 외침에 우리는 일제히 삽과 물지게를 바닥에 내려놓고는 그 자리에 주저앉았다. 옷에 흙이 덕지덕지 묻어도 상관하지 않았다. 세탁기가 없어 이미 얼룩이란 얼룩은 심히 져 있는 상태였다. 신호수들이 공명하듯 작업반장의 외침을 듣고는 반복하며 사방으로 목소리를 퍼트렸다. 김 씨 아저씨가 말했다.

"담배라도 한 대 피울 수 있었음⋯."

이 씨 아저씨가 거친 숨을 몰아쉬며 고개를 가로저었다.

"담배는 무슨. 우리가 이 더위에 왜 이리 고생하는 줄 아나?"

이 씨 아저씨가 동네 쪽을 손가락질하며 말했다.

"거 최 사장이 지 집 창고에서 담배 태워서 그렇다. 미련한 새끼. 냄새는 어떻게 숨길라고? 그리고 지가 만든 온실가스는 지가 처리해야지. 왜 우리한테 나무 심으라고 지랄은 지랄이여."

김 씨 아저씨는 강아지풀 마냥 나풀대는 손을 뻗어 묘목들을 어루만졌다. 목소리 역시 말라버린 낙동강 줄기처럼 힘이 없었다.

"담배, 진짜 한 대만이라도⋯."

이 씨 아저씨의 눈빛은 군데군데 파인 아스팔트 위에 피어오르던 아지랑이처럼 흔들리고 있었다.

"야, 니도 죽고 싶나?"

이 씨 아저씨의 말에 모두가 침묵했다. 온실가스 발생에 관해서 정부는 강력하게 대응했다. 온실가스 발생 관런 범죄에 정부는 '인류라는 종에 대한 위협'이라는 명분으로 기존 5대 강력 범죄보다도 죄질이 나쁜 것으로 간주했다. 경찰에 의해 잡혀간 이들에 대한 소식은 아무도 알지 못했다. 그런 소식을 전달해줄 통신 역시 모두 전기가 끊겨 사용하지 못했고, 경찰들은 환경 파괴자들에게 종이 한 장조차 쓰는 것을 아까워했다. 김 씨 아저씨가 내 눈치를 살피면서 이 씨 아저씨에게 말했다.

"어디서 어떻게 사는지 누구 들은 사람 있나? 혹시 저기 어디서 에어컨 바람 쐬면서 맥주나 한 잔하고 있을지도 모르지."

다들 자리에 앉아 눈을 감고는 그때 그 시절을 상상했다. 에어컨에서 나온 찬바람을 맞으며 즐기는 얼음 가득한 맥주 한 잔. 눈을 떠보니 사람들의 모양새가 꼭 방금 심은 묘목처럼 보였다. 묘목들은 땅에 심은 지 얼마 지나지 않았음에도 푸르른 잎을 내보이고 있었다. 작업 반장의 카랑카랑한 목소리가 들렸다.

"작업 시작!"

기계처럼 일제히 자리에서 일어났다. 나는 물지게를 들고는 재빠르게 계곡으로 향했다.

*

귀가 멍할 정도로 물소리는 거대했다. 계곡 주변을 뒤

덮은 물보라에 나는 고양이 세수를 하듯이 얼굴을 문지르고는 가볍게 몸을 풀었다. 기합과 함께 계곡물에 몸을 밀어넣었다. 한여름임에도 정상에서 쏟아져내리는 차가운 물줄기에 금방 더위는 달아났고, 뼈가 시려왔다. 계곡만 있다면 에어컨이 있었던 세상은 그다지 부럽지 않았다. 땡볕에서 아무리 일을 해도 계곡물에 발만 조금 담그고 있으면 입술이 시퍼렇게 변하며 이가 딱딱 맞부딪혔다.

이렇게 보면 살만했다. 처음에는 모두가 걱정했다. 전기가 발견된 이후로, 아니, 정확히는 전기를 인위적으로 생산하고, 사용하기 시작하면서부터 인간의 모든 생활에 직간접적으로 전기가 연결되어 있었으니까. 전기를 활용한 인류의 생산량은 비약적으로 증가했고 그 덕에 인간은 그들의 조상보다도 훨씬 풍요로운 삶을 살 수 있었다. 식량 생산에 전기를 활용한 기계가 사용되면서 공장제 값싼 비료가 개발된 것은 물론, 수확에도 큰 도움을 주었다. 식량 생산량은 증가했고, 따라서 인구가 늘었다. 그러나 그것이 아랫돌을 빼서 윗돌을 괴는 식이라는 사실을 알기까지 시간이 얼마 걸리지 않았다. 전기를 사용하면 할수록 온실가스는 늘어났고, 온실가스는 기후 위기를 촉발하며 지구에서의 인류라는 종 자체의 생존을 위협했다.

다행히 게임 이론은 현실에 그대로 적용되지 않았다. 대형 태풍, 홍수, 지진 등으로 생존의 위협을 직접 마주한 각국의 정부는 살아남기 위해 강경책을 너도나도 선보였다. 우선 그들은 '온실가스 감축법'을 발의하여 개인의 전기 사용을 엄격히 금지했다. 에어컨은 물론이고, 세탁기, 선풍기, TV, 심지어는 스마트폰까지도. 사람들은 자동차를 몰수당했고, 한순간에 전기가 발견되지 않은 중세 시대로 돌아가고 만 것이었다. 반발은 존재했으나 그들은 '인류 전체를 위협한다는' 명분으로 경찰에 의해 즉시 체포되었고, 이후의 소식을 아는 사람은 없었다.

개구리헤엄을 치던 나는 계곡 바닥으로 깊게 잠수했다. 바닥에 도착해서는 주변을 둘러보았다. 푸르른 나뭇잎들을 비롯해 송사리 떼만이 가득했다. 주변을 살피며 사람이 없는 것을 확인하고는 돌을 하나 들췄다. 그와 동시에 검은 비닐봉지가 두둥실 떠올랐다. 나는 황급히 비닐봉지를 잡아챘다. 봉지를 따라 내 몸도 서서히 떠올랐다. 수면 위로 올라와서도 경계를 멈추지 않았다. 갓 새끼를 낳은 수달처럼 비닐봉지를 품에 안고는 물가로 갔다. 조심스럽게 비닐봉지 입구를 풀었다. 달그락. 맥주병들이 보였다. 병 안에서 기포들과 함께 소용돌이치는 액체를 보며 침을 삼켰다. 병 라벨지에는 '카스'라 적혀 있었다.

*

어렸을 적, 해가 뉘엿뉘엿 지는 와중에 아버지는 거실

탁자에서 맞은 편에 나를 앉히고는 말했다.

"아들아. 이제 마지막이구나."

나는 아버지를 물끄러미 바라보았다. 어머니가 장마철 홍수에 휩쓸려 실종된 이후 아버지의 옷은 오랫동안 빨지 않아 얼룩이 가득했다. 땀 냄새가 짙게 배어 숨을 나눠 쉬어야 했다. 거실 탁자 위에는 맥주병 하나가 놓여 있었고, 아버지의 표정은 결연했다. 마치 가문을 지키기 위해 적군 앞에서 할복을 결심한 사무라이 당주 같았다. 그렇다고 해서 주변에 칼이나 총이 놓여 있지는 않았다. 아버지는 병뚜껑을 손에 쥐고는 말했다.

"이런 세상에 태어나게 해서 미안하다."

이 말과 함께 아버지는 숟가락으로 맥주 뚜껑을 땄다. 치이익-. 청량감. 가을날 한라산 정상에 올라가서 아래를 내려다보았을 때보다도, 동치미 국물을 한껏 떠서 먹었을 때보다도 그때 그 소리가 주었던 청량감은 비교할 수 없을 정도로 강력하게 내 머릿속을 가득 헤집어놓았다. 이산화탄소 덩어리들이 내 콧구멍을 향해 한꺼번에 내달리는 것 같았다. 아버지는 투명한 유리잔에다 맥주를 가득 따랐다. 쏟아져 나오는 노란 액체가 유리잔을 휘감으면서 하얀 거품을 냈다. 패륜아 같이 보일지도 모르겠지만, 나는 아버지를 밀어내고서 유리잔을 뺏고는 그대로 목으로 부어버리고 싶은 충동을 느꼈다. 그러나 그러지 못했다.

두려움 때문이었다. 언제 어디서 환경 경찰관들이 들이닥 칠지 알지 못했다. 아버지는 맥주가 든 잔을 높이 들어 올 리고는 가만히 응시했다. 나는 아버지에게 묻고 싶었다.

이 한 잔이 인류 전체의 목숨을 바꿀 정도인가요?

아버지가 맥주를 들이켜려는 순간, 창문이 깨지는 소리 와 함께 경찰들이 집안으로 들이닥쳤다.

"무기 버려!"

말은 경고보다는 추임새에 가까웠다. 아버지가 빈 맥주 잔을 탁자 위에 내려놓기 전에 몸이 두꺼운 사람 여럿이 아버지를 덮쳤다. 그 과정에서 나는 이리 치이고 저리 치 였다. 거실 천장이 빙그르르 돌았다. 경찰관 중 하나가 말 했다.

"병에 가둬놓은 온실가스를 풀어놓다니. 정신이 나갔 군."

나는 그 말과 함께 정신을 잃었다. 눈을 다시 떴을 때 달 빛이 쑥대밭이 된 집안을 비추고 있었다. 맥주병과 함께 아버지는 사라져 있었다. 나는 자리에서 일어나 아버지 를 찾다가 그만두었다. 대신, 탁자 위에 쏟아진 맥주를 가 만히 보다가 혀로 탁자를 핥았다. 누가 혀를 부드러운 망 치로 강하게 내려치는 듯한 느낌이었다. 한밤중 거실에서 고개를 바로 젖히고는 외쳤다.

캬.

나는 비닐봉지에 든 맥주병을 바라보며 입맛을 다셨다.
그때 나는 그러지 말았어야 했다. 그 이후로 맥주의 맛을
잊을 수가 없었다. 혀끝을 감돌던 미지근한 맥주가 그 정
도라면 도대체 차가운 맥주는 어떤 맛일까? 상상조차 되
지 않았다. 맥주병을 들어 올리고는 뺨에 가져다댔다. 차
가웠다. 병에 맺힌 물방울이 땀처럼 아래로 흘러내렸다.
본능적으로 물방울에 입을 가져다댔다. 오랜만에 만난 연
인이 키스하듯이 병을 핥기 시작했다. 맥주의 맛을 떠올
리면서 나는 몸을 비틀었다.

*

맥주병과 다시 만난 날은 아이러니하게도 한반도에 태
풍 '개미'가 상륙했을 때였다. 태풍 개미는 지구 온난화 현
상으로 나타난 대표적인 재해로, 적도 바다의 수온이 높
아지면서 생성된 초대형 태풍이다. 2003년 9월 12일, 한
반도를 강타하여 수천억의 피해를 남긴 태풍 '매미'보다
도 1.7배나 거대했던 태풍 개미가 한반도에 상륙했을 때
는 그야말로 아비규환이었다.

오랫동안 보수되지 않은 기반 시설들이 강력한 바람과
구멍이 뚫린 것처럼 하늘에서 퍼붓는 비에 의해 파괴되

거나 침수되고 말았다. 바람에 날리는 파편들은 총알처럼 사람들을 겨누었고, 집이 무너지면서 많은 사람이 죽었다. 우리 집도 마찬가지였다. 비명과 함께 창문이 깨지면서 아파트 건물 자체가 바람 방향에 맞춰 이리저리 흔들렸다. 나는 두꺼운 이불을 뒤집어쓰고는 책상 아래에 자리를 잡았다. 안전장치 없는 롤러코스트를 타고 있는 것처럼 멀미가 났다.

북이라도 치는 것처럼 쿵쿵거리는 소리가 들렸다. 운동부 선수들이 아파트 비상계단을 통해 도망이라도 치는 것만 같았다. 눈을 살며시 떠보자, 강한 바람에 가구들이 탭 댄스라도 추는 것처럼 덜덜 떨리고 있었다. 그때 내 시선은 냉장고 뒤편에 머물고 있었다. 잠깐이었지만, 반짝거리는 것이 보였다. 냉장고의 떨림이 강해질수록 비닐봉지가 벗겨지며 품고 있던 것을 내보였다. 맥주병이었다.

캬.

나도 모르게 튀어나온 감탄사와 함께 굼벵이처럼 냉장고를 향해 굴렀다. 집 안에서 태풍이 자라나고 있는 것처럼 소용돌이가 거실에서 자라나고 있었기에. 나는 다급하게 맥주병들이 든 비닐봉지를 향해 손을 뻗었다. 필사적으로 비닐봉지를 속에 품었을 때, 폭탄 터지는 소리와 함께 철근이 끊어지면서 천장이 무너져내렸다.

다행히 나는 살아남았다. 정신을 차려보니 분진을 뒤집어쓴 채로 가만히 맥주병이 든 비닐봉지를 들고서 멍하니 집이 있던 자리를 보고 있었다. 잔해들을 치우려고 사람들은 삼삼오오 한데 모여 있었으나, 인간의 힘만으로는 기계가 쌓아 올린 건축물을 치울 수 없었다. 많은 수해 복구 현장에서 사람들은 그 옛날 사람들처럼 전기를 쓴 것은 과거 자기들 조상들이고, 자기들은 전기도 못 쓰고 이렇게 살고 있는데 왜 자신들에게 벌을 주냐며 하늘을 향해 울음을 토해냈다. 곡성의 농도가 진해질수록 나는 비닐봉지를 강하게 끌어안았다. 아버지의 마지막 유산이거나, 체취가 남겨져 있어서 그런 것은 아니었다. 그러려면 가족 사진이나 한 장 챙겨 왔어야 했다. 나는 경찰에게 들키지 않도록 비닐봉지 통째로 근처 계곡물 속에 깊숙이 숨겼다.

이후로 나는 틈만 나면 맥주병을 꺼내 혀를 가져다대고는 말라 비틀어진 소나무 사이를 게슴츠레 바라보았다. 집이 있던 자리였다. 폐허라는 말도 어울리지 않게 정글이 되어 있었다. 관리되지 않아 방치된 지 2년이 채 되지 않았는데, 식물들이 잔해들을 뒤덮었다. 나라가 망한 것도 아니었는데, 전쟁이라도 난 것도 아니었는데, 1년마다 반복되는 재난에 파괴는 일상이 되어버렸다. 말라 비틀어진 소나무에서 고개를 돌린 나는 이윽고 병뚜껑에다 천천히 입을 맞췄다.

치이익—

병뚜껑이 자갈 위에 떨어지며 청량한 소리를 냈다. 당황스러움은 잠시였다. 코를 찔러대는 고소한 냄새와 함께 입술을 간질이는 이산화탄소 방울들에 취한 나는 교미 중 암컷 사마귀에게 머리를 뜯어 먹힌 수컷 사마귀처럼 움직임을 멈추지 않았다. 밑져야 본전이었다. 맥주병을 들어 올리려는 순간, 누군가의 발차기로 내 몸은 그대로 계곡에 처박혔다. 정신을 잃기 직전에 나는 병에서 흘러나온 맥주가 계곡물에 퍼져가는 광경을 보았다. 입을 크게 벌리고서 물을 한껏 들이마셨다. 맛이 느껴질까 싶었다.

*

"요즘 세상에 맥주는 무슨."

그렇게 말하던 환경 경찰은 소리가 나게 침을 삼켰다. 그를 원망하지는 않았다. 그도 그럴 것이 더위에 그의 제복 셔츠는 물론이고, 제복 바지 아래로도 땀이 흐르면서 오줌이라도 싼 것처럼 걸음을 따라 땀자국이 흐르고 있었으니까. 내가 맥주 병뚜껑을 따지만 않았어도 그가 이리 고생할 일은 없었을 것이다. 그의 손이 주머니 안에서 재빠르게 움직였다. 허벅지로 말려 올라간 팬티를 정리하는 것 같았다. 그가 내게 투덜거렸다.

"그걸 하나 못 참아? 남들한테 다 피해주고."

우리는 꼬박 세 시간을 걸어 경찰서에 도착했다. 이만하면 양반이었다. 시골에 있는 사람들은 하루를 꼬박 걸어도 도착을 못 해서 길거리에서 하룻밤 노숙을 해야 한다고 했다. 경찰서에 들어가자마자 욕이 절로 나왔다. 그나마 시원할 것이라 생각했던 경찰서 안은 바깥보다 더욱 더웠다. 경찰들은 땀을 뻘뻘 흘려가며 자리에 앉아 있었다. 온실가스 감축법이 세상에 나오기도 전부터 온도 제약을 가장 먼저 받는 곳이 관공서였다. 한증막에라도 들어선 것처럼 숨이 제대로 쉬어지지 않았다. 잘난 샌님들이 근무하는 장소답게 지구의 미래를 예견하는 듯했다. 나를 끌고 온 환경 경찰은 서류에다 내 신상을 휘갈겨 쓰고는 말 그대로 달아나버렸다. 공무원은 환경 경찰이 내던지고 간 서류를 정리해서는 내게 들이밀었다.

"이름, 사건 내용, 확인하세요."

처음에는 내 눈을 의심했다. 눈을 크게 뜨고서 종이를 살폈으나 도저히 서류를 읽어내릴 수 없었다. 몇 번을 재활용했는지 먹지처럼 종이가 새까맸기 때문이다. 공무원은 내 반응을 제대로 살피지도 않고 서류를 챙겨 들고는 무표정하게 말했다.

"환경 관련 사건이라 1번 방에서 즉결 심판받으실게

요."

안내를 마친 공무원이 자기 자리로 돌아가려 했다.

"잠깐만요."

나는 공무원을 가까스로 멈춰 세우고는 물었다.

"변호사는 어떻게 불러야…."

공무원은 한숨을 크게 내쉬었다.

"환경 관련 사건에 변호사는 참석 안 해요."

"최소한의 방어권은…."

공무원이 인상을 쓰더니 내 말을 바로 잘랐다.

"방어권이요? 당신이 뭔 짓을 했는지 알아요? 인류에 대한 테러 그 자체예요. 여기 있는 사람들 목에 직접적으로 칼을 가져다 댄 것과 같다고요."

일순간에 경찰서에 있던 모든 사람들의 시선이 내게 향했다. 그 싸늘한 시선에 등골이 서늘한 나머지, '그 정도는 아닌 것 같다.'라 말할 수가 없었다. 내가 말을 우물거리자, 공무원은 서류를 들고서 고개를 숙이더니 혼잣말을 이었다.

"죽으려면 뛰어내리든 목을 매달든 혼자 죽을 것이지…."

*

얼마 지나지 않아 1번 방 문이 열리더니 검사로 보이는 이가 내 이름을 호명했다. 내가 반응하지 않자 검사는 공무원과 비슷한 표정을 짓고는 힘 없이 걸어와 포승줄을 강하게 잡아당겼다. 몸이 절로 앞으로 수그려졌다.

　방 끝자락에는 법복을 입은 판사가 앉아 있었다. 법복 아래로도 땀이 흐르고 있었다. 얼핏 봐서는 재판장보다는 면접관 같았다. 판사가 땀을 훔쳐내고는 헛기침을 하자 검사는 판사를 향해 90도로 인사를 하고는 자리에 앉았다. 그들을 따라 나도 자리에 앉으려 하자, 판사가 호통을 쳤다.

　"개새끼야!"

　나는 어정쩡하게 자리에 섰다. 기분이 나쁜 것은 잠시였다. 불과 1분도 채 지나지 않아 나는 판사를 이해할 수 있었다. 방문이 닫히니 방 내부가 더운 것은 물론, 말을 하면 할수록 습도가 빠르게 높아지고 있었다. 땀이 억수 같이 흐르고, 호흡이 가빠져서 입으로만 숨을 쉴 수 있을 정도였다. 변호사가 없는 것이 다행이라는 생각이 들 정도였다. 나는 이 방을 거쳐 지나가지만, 판사는 출근을 해서는 퇴근하기까지 하루를 꼬박 이 닫힌 세계에서 보내야 했다. 땀을 뻘뻘 흘리고 있는 판사를 보며 생각에 잠겼다.

　'정부에서 의도적으로 이런 환경을 만든 게 아닐까? 나 같은 사람들에게 최고형을 내리기 위해서 일부러 판사를 짜증나게 하는 거지.'

이런 생각까지 들 무렵 문이 열리더니 나 말고도 한 명이 더 방으로 들어섰다. 절로 욕이 나올 지경이었다. 가만 보니 익숙한 얼굴이었다. 김 씨 아저씨였다. 아저씨에게 이곳에 잡혀 온 이유를 물어볼 필요도 없었다. 몸에서 연초 냄새가 강하게 나고 있었다. 담배를 피울 생각은 또 어떻게 했을까? 불은 또 어떻게 피웠고? 코를 찌르는 강한 연초 냄새에 판사가 짜증을 냈다.

"도대체 왜?"

나는 아저씨가 평소 성격대로 판사의 싸가지 없는 말투에 불 같이 화낼 것이라 생각했다. 그러나 김 씨 아저씨는 곧 죽을 사람처럼 고개를 푹 숙이고는 한숨을 푹 내쉬었다. 검사가 판사에게 서류를 내밀었다.

"여기. 서류."

나는 눈을 크게 뜨고서 검사를 보았다. 싸가지 없는 말투에 금방 싸움이라도 벌어질 것만 같았다. 판사는 익숙한 듯 서류를 받아 들었다. 그가 고개를 숙이자마자 판사의 땀이 서류 위에 후두둑 떨어졌다. 그 탓에 볼펜 잉크가 번져갔다. 판사가 서류에 시선을 둔 채로 우리에게 말했다.

"거기 둘. 최후 변론."

목소리에는 짜증이 한가득 담겨 있었다. 함부로 말을 꺼낼 수가 없었다. 어찌 보면 이 사건으로 판사도 우리에게 자기 목숨을 위협받은 셈이었으니까. 김 씨 아저씨는 고개를 푹 숙이고는 눈물만 쏟아낼 뿐이었다. 판사가 물었다.

"없어?"

그러나 이대로 아무런 변론 없이 최고형을 받을 수는 없었다. 맥주가 어때서? 옛날 사람들은 맥주병을 이리저리 돌리고, 숟가락과 젓가락으로 차력쇼를 펼치며 소주와 섞어 마시기까지 했는데? 변론을 하려 하자 판사가 손가락 둘을 나를 향해 들어보였다. 무슨 의미인지 알 수 없었다. 나는 최후 변론을 시작했다.

"판사님. 어쩌다 보니 병뚜껑이…."

판사가 내 말을 잘랐다.

"두 단어 끝."

알고 보니 우리에게 적대감을 가지고서 말을 싸가지 없게 하는 것이 아니라, 최소한으로 말을 하기 위해 말을 줄인 것이었다. 방 내부의 이산화탄소 농도를 줄이기 위해, 판사 나름대로 감옥보다도 더한 이 자연 한증막 속에서 살아남기 위해, 말투가 그리 바뀐 것이겠지. 갑자기 판사의 얼굴이 붉어지더니 몸을 배배 꼬며 우리에게 말했다.

"둘. 추방."

판결을 들은 순간 김 씨 아저씨는 그 자리에서 혼절했다. 나는 토악질을 참듯이 고개를 숙이고서 조아렸다. 판사가 법복 안에 손을 넣고는 움직이며 문을 향해 뛰어가기 시작했다. 그 순간 나는 더위와 비정상적인 이산화탄소 농도에 머리가 돌아버린 것인지 판사의 법복을 잡아챘다. 판사는 제발 보내달라면서 발버둥쳤으나, 나는 놓아주지 않았다. 그에게 외쳤다.

"왜! 입술이라도 적셨으면 몰라! 맛도 못 봤어!"

판사의 비명을 들은 경찰들이 나를 판사에게서 떼어놓기 위해 달려들었으나, 오랜 시간 기계를 대신해 육체노동을 해온 나였다. 있는 힘껏 판사를 붙잡아두었다. 얼마 지나지 않아 판사의 얼굴이 순식간에 허옇게 변하더니 그대로 바닥에 쓰러졌다. 열사병이었다. 이 행성 위에 살고 있는 그 누구도 열기는 피해갈 수 없었다.

*

더위에 지친 아저씨와 나는 이상 기후로 남해 해안가를 뒤덮은 미역처럼 몸이 축 늘어진 채 경찰서 밖으로 끌려나갔다. 그저 건물 내부로만 가지 않기를 바랐다. 이 날씨에 선풍기도 없는 감옥에 들어갔다간 진실된 지옥을 현실에서 경험할 것만 같았다. 경찰서 밖으로 나가자마자 검사는 넥타이를 벗어 던지고는 거친 숨을 몰아쉬었다.

"너희 같은 놈들은 지구에서 살 자격이 없어."

꼼짝 없이 사형이라 생각했다. 우리가 도착한 곳은 경

찰서 뒷마당이었다. 바닥에 고개를 숙이고는 무릎을 꿇었다. 총살은 아닐 것이다. 담배 피우는 것도 금지된 마당에 화약을 사용할 리는 없을 테니까. 칼 같은 냉병기를 사용하거나, 목을 매달겠지. 그런데 갑자기 쿵-하는 소리와 함께 흙이 사방에 튀었다. 포탄이라도 떨어진 것만 같았다. 혼비백산하며 진동이 느껴진 곳으로 실눈을 뜨고 보았다. 성인 두 사람이 간신히 탈 만한 크기의 포드 하나가 땅에 떨어져 있었다.

경찰관 넷이 땅에 떨어진 포드를 번쩍 들어올리더니 포드와 연결된 줄을 따라 걸어갔다. 줄은 뒷마당 중심부에 있는 어떤 기계 장치와 연결되어 있었다. 이제껏 본 적 없는 기계였다. 햄스터 쳇바퀴 같은 모양의 원형 구조물에다 중간에 빠져나온 굴뚝 같은 통로 하나가 하늘을 향하고 있었다. 검사가 포드에 성큼성큼 다가가더니 문에다 대고 외쳤다.

"실패하면 또 한다. 열심히 밟아."

검사가 포드 문을 두 번 두들기자, 포드가 서서히 장치 내부를 돌기 시작했다. 효율을 극대화하기 위해 자석을 사용하는 것인지 주변에 연결된 전선들이 날뛰었다. 이내 포드는 눈으로 쫓기 힘들 정도로 빠르게 장치 내부를 돌기 시작했다. 속도계를 보던 검사는 버튼을 누르며 외쳤다.

"발사!"

그 순간, 포드는 하늘로 난 통로를 따라 위로 날아갔다. 총을 하늘을 향해 쏘는 것 같았다. 이번에는 속도가 임계점에 도달했는지 포드는 돌아오지 않았다. 얼마 지나지 않아 포드와 연결되어 있던 줄만이 바닥에 떨어졌다. 경찰관들은 능숙하게 줄을 주워 또 장치 아래에 대기 중인 포드에 연결했다.

"태워."

검사의 명령에 경찰관들이 우리를 포드 안에 억지로 구겨 넣었다. 검사가 우리 발치를 가리켰다. 그곳에는 페달이 달려 있었다.

"아까 봤지? 너희들이 노력 여부에 따라 이 짓을 몇 번이나 더 할지가 결정돼."

그때 멀리서 포드 하나를 쇠똥구리처럼 굴려 오는 사람들이 보였다. 포드 외관은 그을린 듯 거무튀튀했고, 내부에 사람은 없었다. 검사는 하늘을 향해 검지를 펴고는 말을 이었다.

"너희들이 페달을 세게 밟으면 충분히 높이 올라갈 것이고, 요령 피우거나 겁먹어서 약하게 밟으면 다시 여기로 떨어질 거야."

아저씨가 울먹이는 목소리로 검사에게 물었다.

"그럼, 언제까지 반복을…."

그러자 검사가 포드 문을 강하게 닫고서 말했다.

"충분한 높이에 올라갈 때까지."

검사가 내 눈을 응시하며 한마디를 더 이었다.

"너 같이 탄산 좋아하는 놈들한테 딱 맞는 형벌이지."

그 순간, 나는 마른침을 삼켰다. 맥주가 떠올랐기 때문이었다. 죽을 위기에 처한 상황에서도 맥주를 갈망하는 내 혀를 뽑아버리고 싶었다. 포드 문이 닫히자마자 또다시 가슴이 답답해지며 숨이 막혀 왔다. 스스로의 힘으로 하늘로 솟았다가 그만큼 땅에 떨어져서 죽어야 하다니. 자신이 환경을 오염시킨 만큼 환경을 복구해야 한다는 정부의 의지가 느껴졌다. 검사가 포드 문을 손바닥으로 두 번 두들겼다. 출발하라는 뜻이었다. 아저씨가 몸을 벌벌 떨면서 말했다.

"가는 길에 담배 한 대만이라도 주지…."

혹시나 해서 포드문이 열릴까 문고리를 잡아당겼으나, 단단히 잠겨 있었다. 발로 차보려고도 했지만 포드 내부가 좁아 도저히 몸을 움직일 수가 없었다. 길은 하나였다. 어쩔 수 없이 우리는 페달을 밟기 시작했다. 덩달아 포드가 돌기 시작했다. 페달을 밟으면 밟을수록 엄청난 중력이 느껴졌다. 그에 따라 시야가 뿌옇게 변했다. 발에 힘이 쭉 빠졌다. 창문 밖을 곁눈질해보니 검사가 속도계를 보며 고개를 젓고 있는 모습이 보였다. 검사의 모습은 위아래가 바뀌면서 어지럽게 빙글빙글 돌았다.

등 뒤에서 열기가 느껴졌다. 여름 햇살에 뜨겁게 달아오른 철판 위에 맨몸으로 올라간 것만 같았다. 그럼에도 페달 돌리는 것을 멈출 수 없었다. 아까 바닥에 떨어진 포드를 보았다. 한 번 제대로 하지 못하면 반복해서 페달을 밟아야 했다. 확실히 죽기 위해, 우리는 죽을 힘을 다해 페달을 밟았다. 환경 파괴를 뉘우치면서, 나의 한 잔과 트림이 전세계 인류를 죽일 수 있다는 반성을 하며.

"발사!"

이윽고, 검사의 외침과 함께 한 점으로 향하던 중력이 등 뒤에 자리 잡았다.

창문 너머로 휘어진 수평선이 보였다. 얼마나 높이 올라온 것인지 알 수 없었다. 이렇게까지 해야 할까 싶었다. 어느 순간 동적인 평형에 이르렀다. 몸이 두둥실 떠오르며 나도 모르게 웃음이 나왔다. 몸을 압박하던 중력이 사라지며 피가 머금고 있던 기체들이 순식간에 끓어올랐다. 스스로가 기포를 머금은 맥주병이 된 것만 같은 기분을 느꼈다. 그러나 웃음은 오래가지 못했다. 눈을 감고서 오랫동안 기다렸으나 포드는 계속해서 하늘에 떠 있었다. 창문에다 최대한 얼굴을 붙이고는 위를 바라보자, 거대한 우주선이 우리를 붙잡고 있었다. 우주선에는 '지구 궤도 수송선'이라 적혀 있었다.

미처 상황을 파악하기도 전에 포드가 또다시 회전하기 시작했다. 뱅그르르. 지구 자전 방향에 따라 움직이더니 끓어오른 피가 다시금 잦아들었다. 몸이 바닥에 다시 엉겨 붙었다. 포드의 회전 속도가 점차 빨라지더니 지구에서 발사된 것과 마찬가지로 우리가 탑승한 포드는 또다시 어딘가로 던져졌다.

그로부터 얼마나 돌았을까? 물론 중의적 표현이다. 회전과 발사는 두 번으로 끝나지 않았다. 포드가 회전할 때 달이 보였던 것으로 보아 천체들의 중력을 이용하여 포드를 발사하는 것 같았다. 야구공의 심정이 이랬을까? 지구와 목적지 사이에 자리 잡은 수송선들은 캐치볼을 하듯이 우리를 반복해서 어딘가를 향해 내던졌다.

눈을 떴으나 앞이 보이지는 않았다. 오랫동안 정신을 잃었는지 코와 입이 바싹 말라 있었다. 불에 타는 듯한 고통이 이목구비에서 느껴졌다. 그때 나는 포드가 지옥이나 사후 세계 어디쯤에 도착했다고 생각했다. 환경 파괴자는 지옥에 간다고 배웠으니까. 그런데 가만보니 몸이 두둥실 떠오르고 있었다. 놀라서 팔과 다리를 허우적거리자, 금방 무언가 걸렸다. 각각 페달과 포드 외벽이었다.

현실임을 알아차린 나는 아저씨를 향해 손을 뻗어보았다. 앞이 보이지는 않았으나 맥박이 느껴지는 것으로 보아 살아는 있었다. 아직 정신을 차리지 못한 것 같았다. 과음한 다음 날처럼 알지 못할 신음만이 흘릴 뿐이었다. 나는 포드 창문을 향해 고개를 들이밀었다. 지구가 보일 것이라 생각했다. 그러나 전혀 예상과는 다른 광경이 눈에 보였다. 푸르름이라고는 전혀 찾아볼 수 없는 적갈색 토지가 무한히 뻗어 있었다. 그런데 그 가운데 쓰여진 글씨가 내 시선을 사로잡았다.

제 1 화성 기지.

*

기지에 도착한 포드의 문이 열리자마자 대뜸 관리자로 보이는 이가 입구를 향해 고개를 들이밀었다. 그가 우리를 향해 고개를 숙였다.

"먼 길 오시느라 고생하셨어요."

우리는 겁에 질린 상태로 포드 안쪽으로 몸을 더욱 구겨 넣었다. 관리자가 미소를 짓고는 한 발 뒤로 물러났다. 포드에서 나가고 싶지 않았으나, 안으로 불어오는 상쾌한 바람이 나를 밖으로 이끌었다. 관리자가 말했다.

"저는 온실가스 발생 관리자 김윤이라고 합니다."

온실가스 발생 관리자라니. 이제껏 들어본 적 없는 직책이었다. 처음 그의 직책을 듣고는 화성에서도 지구처럼 온실가스 발생을 억제하려는 것인가 싶었다. 관리자는 어정쩡하게 서 있던 우리에게 우주복을 건넸다. 아저씨와 나는 눈치를 보았다. 표정이나 태도로 보아 우리를 해칠 것 같지는 않았다.

우리는 우주복을 입고서 관리자를 따라 기지 밖으로 나섰다. 포드를 타고 오면서 보았던 적갈색 토지가 널려 있었다. 지구에서 볼 수 없는 풍경이었으나, 비단 환경만이 그렇지 않았다. 아저씨가 놀란 표정을 지으며 손을 벌벌 떨었다.

"이건….'

아저씨가 서랍 위를 보았다. 말보로 레드 한 갑이 놓여 있었다. 관리자가 웃으며 말했다.

"마음껏 피우셔도 됩니다. 화성에서는 여러분들을 필요로 하니까요."

아저씨는 책상 위에 놓여 있던 담뱃갑을 조심스럽게 집어 들더니 12개비 전부를 꺼내 들었다. 관리자가 고개를 끄덕이자 그는 숨을 참고서 재빠르게 헬멧을 열어 젖히고는 담배를 입에 물고 라이터로 불을 붙였다. 우주복 슈트 내부는 순식간에 연기로 가득 차올랐다. 어지러웠다. 도대체 무슨 일이 벌어지고 있는지 알 수 없었다. 저기 또 서랍 위에 놓여 있는 총들과 수류탄은 무엇이고? 지구와 전쟁이라도 일으키려는 것인가 싶었다. 멍하니 기지 내부를 훑고 있던 사이 멀지 않은 곳에 하늘을 향해 솟구치고 있던 거대한 검은 액체 기둥이 보였다. 나는 설마 하는 심정으로 관리자에게 물었다.

"혹시 석유인가요?"

관리자는 고개를 끄덕였다. 화성에 생명체가 살았던 것일까? 지구에서는 온실가스 감축법이 시행된 이후로 볼 수 없는 풍경이었다. 석유 기둥의 높이로 보아 금방이라도 대기를 뚫고 나가 우주로 치솟을 것만 같았다. 화성의 낮은 중력 때문이었다. 관리자는 양팔을 크게 벌렸다. 화성을 한 아름 안을 것처럼 말이다.

"석유는 공룡 시체로 인해 만들어진 게 아니에요. 지구에서 탄생한 수많은 미생물이 죽어서 엄청난 압력에 짓이겨 만들어진 화합물이죠."

그의 대답을 듣고서 그게 지금 저 거대한 석유 기둥과 무슨 상황이냐는 표정을 짓자, 관리자가 주머니에서 수첩을 꺼내더니 그림을 그리기 시작했다.

"화성을 테라포밍하기 위해서는 태양풍을 막아줄 자기장과 함께 대기가 필요해요. 먼저 지상에 설치한 레이저 발사기에서 화성 주위를 돌고 있는 위성들에 레이저를 쏘는 방식으로 플라즈마를 발생시켜 자기장을 만들었어요. 그럼 이제 대기만 남았죠?"

관리자는 현란하게 볼펜을 움직였으나, 나는 볼펜이 만들어내는 그림보다 재사용된 적 없는 말간 종이에 더욱 눈이 갔다.

"우선 지구에서 가져온 조류들을 화성에 있는 물과 토양을 이용해 지하에서 원자력 발전으로 얻은 전력으로 키워요."

그림이 그려진 수첩을 찢어 그대로 바닥에 버렸다. 관리자는 발로 구겨진 그림을 짓밟으며 동시에 바닥을 발로 두들겼다.

"여기에 그간 조류들이 만들어놓은 산소들을 저장해놓았죠. 그러나 대기가 산소만 필요한 것은 아니지요. 막대한 양의 이산화탄소도 필요해요. 우리는 일단 대기 구성비는 집어치우고 대기부터 만들기로 했어요."

관리자가 거대한 석유 분수를 볼펜으로 가리키며 말을 이었다.

"연구진들이 죽은 조류들을 화학 처리하고 압축해서 석유로 만들었어요. 저걸 이용해서…."

그때 아저씨가 톰 하디처럼 힘껏 연기를 밖으로 뱉었다.

"온실가스를 발생시켜야 하는군."

아저씨가 주먹으로 가슴을 쳤다.

"그건 내 전문이요. 맡겨만 주쇼."

관리자는 만족하는 듯한 미소를 보이더니 아저씨를 향해 무언가를 던졌다. 자동차 열쇠였다. 아저씨의 시선이 기지 밖에 주차되어 있던 차로 향했다. 엔진이 개조된 몬

스터 트럭이었다.

"믿고 있어요. 화성을 위해 온실가스를 최대한 많이 발생시켜주세요."

그 말과 함께 아저씨는 우주복 내부에 가득 채운 연기를 힘주어 마셨다. 지구에서 보았던 아저씨의 모습은 보이지 않았다. 담배 연기와 함께 잃어버린 과거를 되찾은 것 같았다. 아저씨는 벽에 걸려 있던 M16 한 정과 수류탄을 여럿 집어들더니 주차되어 있던 몬스터 트럭에 올라탔다. 아저씨가 트럭에 시동을 걸자마자 트럭 꽁무니에서 까만 연기가 피어올랐다. 보기만 해도 숨이 턱하고 막힐 것만 같았다.

그런데 어딘가에서 환호성이 들려왔다. 가만 보니 한 무리의 사람들이 기지 한 구석에서 캠핑을 즐기고 있었다. 그들은 남녀노소 가릴 것 없이 저마다 손에 맥주나 콜라 같은 음료를 들고 저마다 화덕을 앞에 두고서 바베큐를 하고 있었다. 그때 불이 크게 피어올랐다. 고기를 굽는 것보다 그저 큰불을 바라보길 원하는 것 같았다.

아저씨는 그들을 향해 손바닥을 들어 보이고서 씩 웃더니 액셀을 밟았다. 그러고는 창문 밖으로 몸을 빼 총구를 내밀고는 미친 듯이 쏘기 시작했다. 수류탄도 던지고 있는지 여기저기서 폭발음이 들려왔다. 과거 마이클 베이 감독의 촬영 현장이 이렇지 않았을까 싶었다. 아저씨의 목소리가 들려왔다.

"이게 사는 거지!"

그때 저 멀리서 우리를 향해 맹렬하게 질주하고 있는 할리 데이비스 무리가 보였다. 아직 대기가 두껍지 않아 소리가 제대로 들리지는 않았으나, 땅으로 진동은 전해지고 있었다. 복도에서 벌을 서고 있는 학생처럼 두 팔을 높게 쳐들고서 다들 화성 위를 질주하고 있었다. 나는 눈을 게슴츠레 떴다. 환상인지 아닌지, 이곳이 과연 천국인지 지옥인지 알 수 없었다. 할리 데이비스 무리가 내 바로 앞에 올 때까지도 나는 아무런 말을 할 수가 없었다. 선두에 있던 중년 남자가 오토바이를 애니메이션 〈아키라〉의 주인공처럼 세우고는 다가오더니 나를 와락 끌어안았다. 나는 어버버 말을 더듬었다.

"아, 아버지?"

분명 아버지였다. 아버지는 무성 영화 시대 광고 모델처럼 말없이 트렁크를 열어젖혔다. 냉기가 뿜어져 나왔다. 아버지의 손에는 맥주병이 들려 있었다. 병에는 차가운 물방울이 포도송이처럼 알알이 박혀 있었다. 아버지는 그윽한 미소로 나를 보았다. 나는 아버지와 함께 맥주병을 들고서 말없이 화성의 밤을 둘러보았다.

지구보다 대기가 얇아서 그런지 화성의 밤하늘에 알알이 박힌 별들이 말 그대로 쏟아질 것처럼 펼쳐져 있었다.

은하수를 따라가다보면 맥주로 만들어진 강을 지닌 행성도 발견할 수 있지 않을까 싶었다. 이곳에서 태양은 지구에서의 목성만큼이나 작았고, 목성은 지구에서의 태양만큼이나 거대했다. 갑자기 멀지 않은 곳에서 환한 빛이 솟구쳐 오르더니 순식간에 별들이 자취를 감췄다. 김 씨 아저씨의 총격으로 땅에서 하늘로 치솟은 석유에 불이 붙은 것이었다. 불빛은 그 옛날 도깨비불처럼 공중을 떠다녔다.

나는 이 우주식 불꽃놀이라 부를 수밖에 없는 광경을 보며 본능에 가까운 몸짓으로 헬멧을 들어 올렸고, 병뚜껑을 땄다. 이어진 동작은 유연했다. 갓 태어난 기린이 걸음을 걷듯이 나는 병을 직각으로 들어 올리고는 속에 때려 붓기 시작했다. 지구보다 중력이 약해서 이산화탄소 방울들이 맹렬하게 목을 쳐댔다. 청량감이 내 몸 가장 아래부터 가장 위까지 솟구쳤고, 기포들은 인후두를 쳐대면서 내 뇌를 뚫어버리려 했다. 마음을 열듯 목구멍을 열고서 맥주를 한껏 받아들였다. 이윽고, 맥주는 환경 윤리나 후세대에 관한 배려 같은 것들로 뒤덮은 머릿속을 순식간에 휩쓸었다. 그 혼돈 속에서 나는 피어오르는 행복감을 느낄 수 있었다.

나는 왜 아버지가 전 인류의 목숨과 이 한 모금을 바꾸려 했는지 알 수 있었다. 어쩌면 당신이 나를 이해하지 못할 수도 있다. 상관없다. 말초 신경에 박혀 있는 인간의 본능처럼 말로 절대 표현할 수 없고 직접 경험해봐야 알 수 있으니. 힌트를 주자면 참아라. 참고 또 참아라. 당신의 목숨은 물론이고 전 인류의 목숨마저 걸 수 있는 그 순간에 다다르면 맥주를 마셔라. 그러면 알게 될 것이다. 나는 병을 모두 비우고서 외쳤다.

캬.

인류의 멸망은 술의 발명 이전부터 본능의 탄생과 함께 예정되어 있던 걸지도 몰랐다.

코스믹 오리가미

1

　내게는 버릇이 하나 있었다. 나는 종종 신문을 읽다가 마음에 들지 않는 기사가 있으면 그 부분만 대충 오려내서는 종이비행기 모양으로 접은 다음 쓰레기통을 향해 날려 보냈다. 대부분 비행기들은 쓰레기통을 향해 나아가지 못하고 바닥을 향해 추락했다. 추락하는 모습도 여럿이었다. 기사 내용이 방향에 영향을 주는 것인지 극좌로, 극우로, 때로는 앞부분이 위로 들려 360도로 회전했다. 어떻게 방향을 잡던 결과는 같았다. 모든 비행기는 끝내 바닥으로 추락했다. 그 비행기 중에는 내가 쓴 기사들도 더러 있었었다.

　내가 굳이 '있었었다.'라 과거형으로 말하는 이유는 오늘날에는 애써 구독하지 않는 이상 종이신문을 구경조차 할 수 없기 때문이다. 가판대에 난잡하게 꽂혀 있던 종이신문들의 모습은 자취를 감춘 지 오래다. 핸드폰으로 기사를 볼 수 있었기에, 공짜인 데다 종이 소비를 줄여 환경을 보호한다는 변명거리도 있었기에, 기자인 나도 굳이 종이신문을 찾지 않았다. 적자인 종이신문 자체를 없애버리자는 신입 사원의 질문에 선배가 이렇게 답했었다.

"안돼. 종이신문은 최저시급 같은 거야. 명심해. 세상에는 핸드폰 없는 사람도 있어. 그 사람들은 어디서 정보를 얻겠어?"

선배는 자기도 모르게 담배를 물었다가 금연 표시를 확인하고는 갑에 조심스럽게 담배를 되돌려놓았다. 그가 말을 이었다.

"거기다 우리 같은 기자들에게도 마지막 보루야. 독자가 신문사에게 직접 돈을 내는 거니까. 거기에는 광고주의 입김이 작용하지 않지. 유일하게 광고주를 견제할 수 있는 수단인데, 그것마저 없애버리면 우리는 우릴 보호할 수단을 스스로 없애버리는 거야."

그때 나는 선배에게 인터넷 방송, 유튜브 멤버십 등 오늘날 가능한 정기 후원 수단에 관해서 말하지 않았다. 선배에게서 나 같은 오늘날 인간들이 쉽게 말할 수 없는 어떤 결연한 의지를 찾을 수 있었기 때문이다. 결사항전. 패배할 것을 알면서도 소중한 것을 지키려는 최후의 보루라 해야 할까? 군부 독재 시절, 정부에게 폐간 경고를 받고도 인쇄소에서 기습적으로 조판을 바꾸어 기사를 찍어냈다던 선배들의 모습, 그리고 AI가 지배한 미래 세계에서 끝까지 아날로그를 고집하는 인간 반란군 수장의 모습이 선배에게 교차되어 보였었다.

그러나 '답했었다.'와 '보였었다.'라 과거형으로 말한 이유는 오늘날 선배는 그러지 않기 때문이다. 그로부터 5년 뒤 술에 취한 선배는 자신이 조금 더 일찍 태어났거나, 조금 더 늦게 태어나야 했다고 말했다. 막 상용화가 시작된 AI는 그 어떤 분야보다도 글을 먼저, 많이 그리고 잘 썼다. 속도 경쟁에서 패배한 기자들은 AI에 키워드나 프롬프트를 넣는 프로그래머가 되어버렸다. 차라리 완전히 대체된 세상에 태어났더라면. 어정쩡하게(누군가는 우리 시대를 변혁의 시대라 부를지도 모르지만) 걸쳐진 오늘날에 태어나 무엇이 옳은지도 그른지도 모르는 상태로 우리는 내던져졌다. 과연 누가 적일까? AI를 만든 회사일까? 관련 법을 제정하지 않는 정치권일까? 선배는 회식이 끝난 후 혼잣말을 중얼거렸다.

"비루해. 뭘 해야 할지 모르겠어."

선배는 한국산 신문의 종이 질이 특히 좋아서 해외에도 수출이 많이 된다는 소식을 들은 것과 더불어 쿠팡, 네이

버 등 인터넷 쇼핑몰에서 신문 1킬로그램에 300원씩 파는 것을 직접 목격하고는 점차 입을 닫기 시작했다.

윤전기가 돌아가는 것보다도 세상은 지나치게 빨리 변했다. 속보, 단독이라는 단어가 수개월 간 기획했던 기사에도 붙는 나날들이 이어졌다. 시간이 지나 데스크에 자리 잡은 선배는 정의, 보호, 최저시급 같은 단어들은 입에 담지도 않았다. 이후 종이신문은 발간이 중단됐고, 이제 그는 아이패드로 붉은 펜을 이용하여 찍찍 사선을 그은 내 기사와 함께 늘 아래에는 '광고주, 조회 수'라 적어 보냈다.

나는 가끔씩 모니터를 접어 데스크를 향해 던져버리고 싶은 충동을 느꼈다. 그 비행기는 어디로 휘지 않고 그대로 데스크를 향해 날아가겠지. 픽, 하는 소리와 함께 만화처럼 큰 폭발이 일어나겠지. 그때도 다른 언론사에 의해 저격을 당할 때처럼, 내게 '같은 편에 총질을 왜 하느냐.' '회사 사정을 알지 않느냐.'라 말하면서 얼버무리려 할까? 상상력은 기자에게 있어 가장 불필요한 덕목이었다. 퇴근하는 길에 메시지가 하나 왔다. 선배였다.

─ 대전에 좀 다녀 와.

메시지와 함께 기차표 그리고 공문 하나가 첨부되어 있었다.

'하늘을 넘어 우주로 향해 가는 나래호'

기차가 흔들리는 바람에 눈을 크게 뜨고서 공문을 읽어 내려야 했다. 18포인트 크기의 글자에 굴림체. 주무 부처가 '기획재정부' 대신 '과학기술부'라 적혀 있는 정도가 다를 뿐이었다. 기시감을 넘어 복제품으로 보일 정도였다.

공문의 내용은 대한민국 최초로 외계를 탐사하러 가는 '나래호'에 관한 이야기였다. 나래호는 미국 보이저 2호의 절반 무게인 약 300킬로그램으로, 한국 연구진이 획기적으로 무게를 줄이는 데에 성공하면서 보이저 2호보다도 훨씬 더 먼 거리에 있는 외계를 탐험할 수 있을 것이라 했다.

특이하게도 이 무게를 줄이는 과정에서 종이접기 기술이 활용되었다. 나래호는 보이저 2호처럼 원자력을 이용하는 라디오이소토프 발전기를 사용하기는 했지만, 그것이 나래호의 주력 에너지 공급 장치는 아니었다. 나래호는 선체에 겹겹이 접어놓은 특수 태양광 패널을 우주 공간에서 전개하여 태양 빛을 받아 에너지를 공급받는 것은 물론, 마치 바람으로 바다 위를 항해를 하듯이 광자의 힘을 통해 원하는 방향으로 나아갔다. 두께가 나노미터 단위에다, 우주선의 돛이 펼쳐질 때도 달의 중력을 이용하여 에너지 사용을 최소화한다고 했다. 나는 혼잣말을 중 얼거렸다.

"우주에서 거대한 돛을 펴서 나아가다니."

지구를 벗어나 새로운 행성을 찾아가는 베르나르 베르 베르의 소설 '빠삐용'을 떠올렸다. 소설 속에 등장하는 우 주선이 딱 그와 같았다. 우주에서 돛을 펴서 빛의 힘으로 나아가는 우주선. SF 소설이 현실이 되는 세상이었다. 놀 랍지는 않았다. 우리는 이미 변화된 세상 속에서 살고 있 었다. 우리는 물을 사서 먹고, 세계 어디서든 노트북을 펴 놓고 일하고, 마음만 먹으면 우주여행을 다닐 수 있고, 그 리고 가장 중요하게도 종이 신문은 고기를 구워 먹을 때 바닥에만 깔리는 용도로 사용하는, 과거에는 전혀 상상도 못한 세상에 살고 있었으니까.

나는 공문을 그대로 컨트롤 C, 컨트롤 V해서 한글 파일 에 붙여 넣고는 그를 토대로 뉴스 기사를 쓰기 시작했다. 기사 하나를 모두 쓰는 데 30분이 채 걸리지 않았다. 처음 부터 끝까지 몇 번이고 반복해서 읽어보았다. 군더더기 없이 완벽했다. 기자회견장에 굳이 갈 필요가 있을까 싶 었다. 우주 강국으로 나아가는 대한민국이라는 장관의 말 에 기자들은 받아쓰기를 하기 마련이니까.

"이번 역은 대전, 대전역입니다."

나는 노트북을 덮고는 곧바로 연구소로 향하는 택시를

잡아탔다.

*

"그래서 나래호는 한국 우주 산업 발전을 보여주는….”
　기자회견이 끝나기 직전, 사진과 함께 미리 써놓은 기사를 예약 메일로 걸어놓고서 가만히 장관의 말을 들었다. 물론 프로답게 키보드에 손은 올리고서 기사를 작성하는 척 화면을 바라보고 있었다. 공문과 크게 다를 것 없는 브리핑과 더불어 장관님 일정상 질문을 받지 않는다는 사전 공지 때문이었다. 이럴 거면 기자회견은 왜 하는 것인지. 네이버 뉴스 탭을 열어보니 이미 관련 기사들이 여럿 올라와 있었다. 모두 접어서 허공에 날려버리고 싶었다. 무의식적으로 모니터를 향해 손을 뻗었으나 잡히는 것은 없었다. 실현될 수 없는 버릇은 환상통처럼 내 속을 긁었다. 술을 한잔 마시고 싶었다. 슬쩍 옆을 곁눈질해보니 다른 기자들도 나처럼 속이 끓어오르는지 키보드에 손을 올리고는 메신저로 자기들끼리 무얼 먹을지 이야기를 나누고 있었다.
　"개발에 힘을 써준 함정덕 연구소장님과 직원분들께…."
　미사여구로 가득한 장관의 맺음말이 미처 끝나기도 전에 선배에게 메일을 보냈다. 5분이 채 지나기 전에 선배에게서 메시지가 왔다.

— 다시. 사실만 담아. 스탠스 유지해.

내게 선배의 메시지는 중의적으로 다가왔다. 진짜 팩트는, 장관이 자기 할 말만 하고 갔다는 사실이고, 우리에게 어떤 질문도 허용하지 않았다는 것이었다. 내 기사에 그러한 사실은 쓰이지 않았다. 물론, 선배가 원한 기사는 그런 저격 기사는 아닐 것이다. 한글 파일을 열고는 단어를 바꾸었다. '우주 강국으로 도약하고 있다고 강조했다.'를 '우주 강국으로 도약하는 순간을 목격했다.'로, '새롭게 개발된 기술'을 '획기적인 신기술'로 수정했다. '아쉽다.' '필요하다.'와 같은 부정적 의미가 내포된 단어들은 아예 삭제해버렸다. 그러자 3분 만에 '오케이' 이모지가 내게 왔고, 그제야 나는 노트북을 챙겨들고서 기자회견장을 빠져나올 수 있었다.

*

평소 같았으면 기자들끼리 이런저런 이야기를 나누면서 술도 한잔 하겠지만, 그날따라 무리에 낄 기분이 영 아니었다. 기자 무리의 술자리는 정글과도 같았다. 일반적인 직장인들처럼 어디 언론사의 급여나 복지가 좋은지, 데스크의 정치적 스탠스가 어떤지와 같은 가벼운 이야기를 나누다가도, 만취한 와중에도 기삿거리를 얻으려고 녹

음기를 켜 두거나, 주정을 위장한 유도심문으로 취재원에 대한 정보를 캐물었다. 일종의 직업병이었다.

숙소에서 육개장 사발면을 안주삼아 팩 소주를 들이키던 나는 우연히 뉴스 탭에 뜬 '한국 제일의 노잼 도시 대전'이라는 기사를 읽던 중 이 기사가 진실을 말하고 있는지, 즉, 내 기준에서 '접어버려도' 되는 기사인지 궁금했다. 옷을 대충 챙겨 입고는 숙소 주변 거리를 무작정 거닐기 시작했다.

금요일 밤답게 술에 취한 인간들은 어디에나 있었다. 그들은 알아듣지 못할 소리를 지르거나, 비틀거리다가 벽이나 전봇대를 붙잡고, 속에 든 것을 쏟아냈다. 낮이었다면 그저 지나쳤을 사람들이, 밤이 되니 왠지 모르게 정이 갔다. 호르몬 때문일지도 몰랐다. 한바탕 바닥에 전을 부친 그들은 아무렇지 않게 손등으로 입술을 훔쳐내고는 어딘가로 걸어갔다.

나 역시도 마찬가지였다. 내 시각에서 내 걸음은 발랐으나, 남의 시선에서는 심하게 굽어 보일 지도 몰랐다. 문득 내 기사에 달린 '싫어요' 이모지와 함께 댓글들이 떠올랐다. '기레기.' '쓰레기가 아깝다.' '전기야 미안해.' 등 내용도 다양했다. 나도 모르게 혼잣말을 중얼거렸다.

"나라는 사람을 접어버리고 싶을지도."

취객들의 주정도 익숙해져갈 무렵 이상한 광경을 목

격했다. 한 남자가 사람들에게 문득 손을 들이밀고 있었다. 대부분 사람들은 그를 무시하고서 지나쳐 갔으나, 몇 몇 사람들이 걸음을 멈추고는 남자와 이야기를 나누었다. 처음에는 남자가 구걸하는 줄 알았으나 아니었다. 남자는 사람들의 손에 들려 있는 전단지를 가리키며 말했다.

"버릴 거면 저 주세요."

사람들이 남자에게 전단지를 건네자, 남자는 능숙하게 전단지를 접기 시작했다. 거칠고 투박한 손이 부드럽게 움직이기 시작했다. 마치 밤거리에 퍼지는 네온사인 빛과 아이돌 음악을 무대삼아 손가락으로 춤을 추는 것만 같았다. 얼마 지나지 않아 남자의 손에는 작은 종이 토끼 한 마리가 놓여 있었다. 남자가 그들에게 종이 토끼를 건네자, 사람들은 서로를 마주보고서 입을 가리고 놀라더니 핸드폰을 들어 올리고는 사진을 찍기 시작했다. 남자가 모자를 그들에게 내밀며 말했다.

"마음에 드셨다면 기부 부탁드립니다."

사람들의 얼굴이 일순간에 구겨졌다. 마지못해 그들은 지갑에 있는 동전 몇 개를 꺼내 그의 모자에 넣었다. 그는 정중하게 고개를 숙이고는 뒤로 한 걸음 물러났다.

남자는 그렇게 오래도록 사람들에게서 전단지를 받아 종이접기를 했다. 토끼, 거북이, 강아지, 고양이 등 동물들은 물론, 술에 취한 중년 남자가 그의 모자에 던진 만 원권 두 장 중 한 장으로는 자동차를 접어달라는 어처구니없는 요구에도 순식간에 세종 대왕 얼굴이 보닛에 위치한 초록 캐딜락을 접어 보였다. 나는 좋게 말하면 기자의 직업정신으로, 나쁘게 말하면 취객의 오지랖으로 그에게 성큼 다가가서는 물었다.

"주변 사장님들이 싫어하지 않아요?"

그는 반사적으로 사람들에게서 받은 전단지들을 뒤로 숨기고는 나를 향해 고개를 숙였다. 나를 주변 가게 사장이라 생각한 모양이었다. 나는 손사래를 치고는 그에게 기자 명함을 건넸다. 명함을 건넸을 때 반응은 보통 두 가지였다. 보통 공무원 등 공직에 있거나 기업에서 어떠한 위치에 있는 사람들은 경직된 얼굴을 하며 몸을 사렸고, 일반인들은 자신들의 정치적 성향을 드러내며 내가 속한 언론사를 향해 이를 갈거나 혹은 정반대편에 있는 다른 언론사를 욕했다. 그러나 그는 명함을 물끄러미 보더니 내게 말했다.

"뭐로 접어드릴까요?"

예상치 못한 물음에 반사적으로 '비행기'라 답했다. 오랫동안 해갈되지 않은 버릇 때문일 것이다. 남자는 망설임 없이 내 명함을 반으로 접으면서 말했다.

"전단지는 괜찮아요. 어차피 쓰레기통에 버려질 걸 여기서 다시 수거하는 거니까요."

그가 가리킨 방향을 따라 시선을 옮겨보니 지하철 역 출구가 보였다. 그 앞에서 알바생들은 분주하게 에스컬레이터를 타고 올라오는 이들에게 전단지를 건네고 있었다. 역 출구에서 사람들은 컨베이어 벨트에 실린 물건처럼 절로 그들을 향해 다가왔다. 하지만 8할은 전단지를 받지 않았다. 대부분 알바생을 없는 사람 취급하며 스쳐 지나갈 뿐이었다.

광고하는 입장과 당하는 입장. 전단지를 돌리면서 최소 생계비로 살아가는 이들과 환경 보호, 귀찮음 등의 이유로 거절하는 이들. 21세기 버전 '모던 타임즈' 같았다. 정신차려 보니 내 손바닥에는 비행기 한 대, 정확히는 보잉 A380이 놓여 있었다. 조종실부터 엔진과 랜딩 바퀴까지. 허공에 날리면 금방이라도 저 멀리 날아가버릴 것만 같았다. 남자가 말했다.

"종이 한 장만 있으면 무엇이든 만들 수 있었어요."

"정말요? 뭐든?"

취재 질문으로는 빵점이었다. 이 날, 나는 취재원의 신상을 파악하지도 사진이나 동영상을 촬영하지도 않았다. 기자라면 독자들이 궁금해할 것을 물어야 했으나, 그때 나는 오롯이 나의 호기심으로 남자에게 질문을 던졌다. 갑자기 남자는 핸드폰을 켜서 지하철 시간표를 확인하고는 내게 말했다.

"지하철이 끊겼네요. 이제 집에 가야 해요."

그는 가방을 챙기려 했다.

"잠시만요."

"왜요?"

나는 용기를 내 그에게 말했다.

"정말 뭐든 접을 수 있어요? 진짜, 뭐든?"

내 물음에 남자는 흔쾌히 자기 집에 있는 작품을 보여주겠다며 전단지에 집 주소를 휘갈겨 쓰고는 내게 내밀었다. 그리고서 그는 벤치에 묶여 있던 접이식 자전거를 펴더니 멍하니 있던 나를 향해 뒤따라오라는 말을 하고는 어둠 속으로 사라졌다.

*

택시를 잡아타고는 그가 휘갈겨 쓴 주소 근처에 내렸다. 골목 안으로는 택시가 갈 수 없다고 했다. 그의 집은 연구소 근처에 있었다. 다세대 주택들이 몰려 있는 골목길 어귀에서 고개를 들고서 그가 불러준 주소에 있는 건물 옥상을 살폈으나, 사람이 살 만한 가건물은 보이지 않았다.

"저기요."

나는 고개를 들어 올렸다. 남자가 옥상 위에서 나를 향해 손을 흔들고 있었다. 나는 멋쩍게 그를 향해 고개를 숙였다. 그는 건물 뒤편을 가리키더니 계단으로 올라오라고 했다. 나는 그의 안내에 따라 옥상 위로 올라갔다. 난간 없이 종유석처럼 벽에 붙은 콘크리트 계단은 무척이나 가팔랐다. 술기운이 훅 오르는 바람에 걸음이 휘청거렸다.

"고생하셨어요."

그가 내 손을 붙잡았다. 종이접기 같이 섬세한 작업을 할 만한 손보다는 목수나, 인테리어 등 건설 현장에서 일할 법한 손이었다. 산이라도 오른 사람처럼 거친 숨을 몰아쉬었다. 마침내 옥상 위에 올라섰음에도 사람이 살 만한 건물은 보이지 않았다. 대신 아래에서는 보이지 않던 하얗고 둥근 천이 바닥을 뒤덮고 있었다. 내가 주위를 두리번거리고 있자, 남자는 능숙하게 접이식 의자를 펴서 바닥에 깔고는 그 위를 향해 손짓했다.

"일찍 오셔서 집 준비가 덜 됐어요. 잠시만요."

문득 아침에 사회 면에서 보았던 각종 강력 범죄 기사들이 떠올랐다. 밤에 처음 만나 따라간 낯선 남자의 집이 무엇도 없는 옥상이라니. 왠지 모를 불안함에 무슨 핑계를 대고 이 옥상 위를 빠져나갈지 생각했다. 그런데 그가 숨을 크게 들이쉬더니 갑자기 바닥에 깔린 천을 들어올리고는 그 속으로 쑥 들어가더니 능숙하게 길다란 막대들을 차례로 세우기 시작했다.

"들어가시죠."

몽골에서 볼 법한 게르 하나가 다세대 주택 옥상 위에 우뚝 자리 잡고 있었다. 그의 집 내부는 말 그대로 '접기' 천국이었다. 먼저 집으로 들어서자마자 접이식 선반이 내 시선을 사로잡았다. 선반 위에는 그가 만든 것을 보이는 종이접기 작품들이 도열해 있었다. 4층 꼭대기부터 거리에서 보았던 토끼, 강아지 등 동물, 3층에는 소나무, 버드나무, 은행나무 같은 식물, 2층에는 현대, 기아부터 포드, 피아트, 독 3사를 아우르는 자동차, 1층에는 피라미드, 에펠탑 같이 세계 각지의 랜드마크가 놓여 있었다. 작품마다 서로 다른 디테일에 절로 입이 벌어졌다. 손톱 끝으로 균열이나 주름 같은 디테일한 부분까지 표현해놓아 해당 물체의 질감이 보는 것만으로도 느껴졌다. 마치 쪼그라든 세상을 바라보는 것 같았다.

그런데 단순히 종이접기 작품만이 이 집의 '접기'를 나타내는 것은 아니었다. 침대, 탁자, 의자와 같은 가구부터 그리고 버너, 가위를 비롯한 각종 조리 도구들까지. 집에 있는 대부분의 물건이 모두 접었다가 펼 수 있는 것들이었다. 게르 형식의 집부터 손쉽게 접을 수 있는 물건들까지, 유목민의 집이나 캠핑에 미친 디지털 노마드의 집에 방문한 것만 같았다. 남자가 말했다.

"낮에 집을 세워 놓고 가면 불법건축물이라며 민원을 받더라고요. 이해해주세요."

한낮, 오래된 붉은 벽돌집 옥상 위에 하얗게 우뚝 선 게르를 본다면 다소 괴리감을 느낄 수도 있을 것 같았다. 나는 접이식 선반 위를 가리키며 물었다.

"전부 직접 접은 거예요?"

그는 미소를 지으며 말했다.

"네, 종이 한 장으로요."

내 표정을 살피던 그는 자기 주머니에서 '24시 헬스장 신규 오픈 특가'라 적혀 있는 전단지를 꺼내들더니 빠르게 접기 시작했다. 스케치 없이 그리는 원로 화가의 붓질처럼 처음에는 작품 형태가 눈에 들어오지 않았으나, 점차 형체가 만들어지기 시작했다.

낭만적이야.

술에 취해 그리 생각했을지도 모른다. 인간보다 인간다운 AI가 등장하고, 인간들은 지구를 벗어나 우주를 오가는 오늘날에 종이접기라니. 메타버스라는 말이 등장하고, 그 안의 것들이 현실의 것들을 초월하기 시작하는 오늘날에 말이다. 문자를 보내는 건당 돈을 받던 메시지로 어렵게 사랑을 고백하던 순간과 학교가 끝나면 이름도 잘 모르는 아이들과 놀이터에 옹기종기 모여 앉아 서로 가지고 있던 장난감을 보여주던 순간이 머릿속에서 팝콘처럼 튀어올랐다.

그리 행복하지는 않았을 텐데.

20년대는 00년대를, 00년대는 80년대를, 어쩌면 추억할 수 있다는 것만으로도 사람들은 행복 속에 살고 있다고 말할 수 있다. 왜냐하면 기억하고 싶지 않은 기억들, 예를 들어 전쟁, 가난, 기아 등을 두고 낭만의 시대라 말할 이는 없으니까. 우리는 부정적인 뉴스에 둘러싸여 세상이 우상향하고 있다는 사실을 깨닫지 못했다. 인류 전체 보았을 때, 신생아 사망률은 낮아졌고, 교육율은 높아졌으며, 과학적인 발견과 더불어 기술은 계속해서 발전하고 있었다. 그러나 물질적 풍요 위에서 만들어진 상상이라는 모래성들은 시공간을 뛰어넘어 언제든 사람들의 손길에 금방 무너지고 다시 세워졌다. 그것은 때론 비정한 악마의 소굴 같은 성이었다가도, 어떨 때는 또 유치한 도트 게임 속 마왕성으로 보였다.

"선물이에요."

그가 티라노사우로스 한 마리를 자기 손바닥 위에 올려놓고 있었다. 내가 주저하자 그가 말했다.

"돈 안 주셔도 돼요."

나는 그가 만든 종이 티라노사우로스를 조심스럽게 받아들였다. 고증을 반영한 것인지 손톱으로 종이 끝부분을 찢어 털도 재현해놓았다. 금방이라도 꼬리를 세우고는 성큼성큼 걸어 다닐 것 같았다.

"고마워요."

조심스럽게 주머니에 챙겨 넣었다. 그는 나를 향해 미소를 보이더니 이번에는 탁자 위에 놓여 있던 종이를 집어들고 접기 시작했다. 이번에는 무얼 접으려 하는지 도통 갈피가 잡히지 않았다. 그가 말했다.

"종이접기는 일본어로 오리가미에요. 영어로는 페이퍼 플립이고요. 다들 직역하자면 '종이접기'에요. 직관적이라 좋아요."

우아한 그의 손짓을 보다가 나도 모르게 말이 튀어나왔다.

"글로벌하네요. 돈 많이 벌겠어요."

나의 무례한 질문에도 남자는 한숨을 크게 쉬더니 고개를 저으며 말했다.

"아니요. 돈은 벌지 못해요."

그는 대뜸 접던 것을 내려놓고는 발치에 있던 가방을 들어올리더니 노트북을 펴고는 내게 'Tree maker'라는 프로그램을 보여줬다. 종이접기에서 나름 권위 있는 교수가 무료로 배포한 종이접기 프로그램이었다. 원하는 형상을 해당 프로그램에 입력하면 수학적 알고리즘에 의해 자동으로 꼭짓점과 함께 주름을 잡아주었다.

"본다고 해서 만들 수 있는 것은 아니니까요. 그래도 프로그램이 나온 이후로 벌이가 확실히 못하기는 해요. 마술의 비법이 밝혀진 것과 같다고 해야 할까요? 베일에서 벗어난 것들은 대중의 관심을 끌지 못하니까요."

유튜브를 하라고 제안해보고 싶었으나, 노트북 바탕화면 한구석에 깔려 있던 '프리미어 프로그램'을 보며 할 말을 잃었다. 내가 뭐라고. 조언 같은 것은 함부로 할 게 못 됐다. 특히나 오늘날처럼 하루하루가 변혁하는 때에는. 그가 노트북을 소리가 나게 덮고는 말을 이었다.

"사람들이 착각하는 게 있어요."

그는 손톱으로 종이 끝부분에 자국을 내기 시작했다.

"종이접기는 3차원에서 벌어지는 일이 아니에요. 엄밀히 따지면 4차원이에요."

그의 손길에 다시 눈이 갔다.

"시간이라는 게 포함이 되니까요."

이제 종이접기는 현대 무용과 발레, 그리고 공장에서 일하는 노동자들의 반복 작업을 뒤섞은, 예술과 노동의 경계면에 걸쳐 있는 어떤 행위처럼 보였다.

"그걸 사람들이 기억해줬으면 좋겠어요. 작품 하나를 만드는 데, 얼마나 많은 시간이 들어간 지 계산하지 않으려고 하죠. 그림이든, 이야기든, 하물며 종이접기든."

나는 말을 하려다 말았다. 이야기가 종이접기보다는 그나마 많은 사람들에게 퍼져 나갈 수 있는 예술이었으니까. 어느새 종이꽃이 그의 손바닥 위에 놓여 있었다. 손에는 굳은살이 가득했다. 그가 헌화하듯 바닥에 종이꽃을 두고는 말을 이었다.

"저는 우리 역시도 개별적인 점들이 아니라, 이 종이접기처럼 이어진 면들로 이뤄져 있다고 생각해요. 하나가 접히면 다른 하나에 영향을 주고, 다른 하나가 접히면 또 다른 하나에게 영향을 줘요."

오랫동안 침묵이 흘렀다. 그가 무슨 생각을 하고 있는지는 알 수 없었지만, 나는 기사로는 쓸 수 없겠다 생각했다. 요즘 세상 사람들이 좋아할 만한 '자극'이랄 것이 그에게는 없었으니까. 갑자기 그가 접던 것을 구겨버렸다. 마음에 들지 않는 것 같았다. 그는 공도, 구겨진 종이도 아닌 애매한 형태로 남은 종이를 손바닥 위에서 굴리다가 바닥에 던져버렸다. 내 발치에 떨어진 종이를 주워 들고는 조심스럽게 펴보았다. 전단지는 아니었다. 가만 보니 채무 독촉장을 비롯해 각종 공과금, 세금 관련 지로였다. 그가 말했다.

"그런데 세상에는 접을 수 없는 것도 있어요. 이상하죠? 같은 종이인데."

나는 지로를 펴서 접이식 책상 위에 올려놓았다. 무수히 많은 질문과 더불어 하고 싶은 말이 머릿속에 어지럽게 떠돌았다. 주위 사람을 생각해라, 우선은 돈을 벌고 나서 취미생활로 해라, 현실을 살아라…. 그러나 말하지 않았다. 꼭 내가 그렇게 살고 있으니, 너도 그렇게 살아야 한다는 질투처럼 느껴졌다. 기자답게, 프로답게 내 생각을 접어두고서 그에게 물었다.

"꿈이 있어요?"

내 물음에 남자는 북쪽으로, 정확하게는 북쪽 하늘로 시선을 던지며 말했다.

"언젠가 세상이 어떻게 접혀 있는지 알고 싶어요. 제대로 관측만 할 수 있다면 종이로도 접을 수 있겠죠."

남자가 바라본 곳에는 연구소가 서 있었다.

*

취재는 거기에서 끝이었다. 데스크에서 얼른 서울로 돌아오라며 불호령이 떨어졌기 때문이다. 다급하게 그의 집을 빠져나와서는 서울로 향하는 기차에 몸을 실었다. 용변이 급한 사람처럼 다급하게 KTX에 올라타 테이블을 내리고는 그 위에 노트북을 폈다. 한글 문서를 켜고는 기사, 아니 글을 쓰기 시작했다. 그때 어디에 있다 오는 거냐는 선배의 메시지에 나는 연구소 관계자를 만나고 왔다고 했다. 그러자 선배에게 메시지가 하나 왔다.

— 적당히 해. 뭐든 적당히.

2G폰 때를 떠올리며 핸드폰을 소리가 나게 접어버리고 싶은 충동을 느꼈다. 다시 글쓰기에 집중했다. 그러나 이 글은 세상에 나올 수 없는 종류의 글이었다. 그가 연구

소에 불을 지르거나, 어디 유명 프로그램에 나와 두각을 드러내지 않는 한 말이다. 그런데도 나는 서울역에 열차가 도착하는 그 순간까지도 글을 썼다. 기차에서 내린 나는 플랫폼에 서서 가만히 내가 쓴 글을 보다가 역 안에 위치한 대형마트로 걸음을 옮겼다. 점원이 내게 물었다.

"뭐 찾으시는 거라도?"

노트북들을 하나하나 살피던 나는 어느 하나에 관심이 이끌렸다. 화면을 반으로 접을 수 있는 최신형 노트북이었다.

"이건 얼마죠?"

내 한달치 월급에 육박하는 거금이었으나, 나는 일시불로 결제했다. 사자마자 나는 내가 지금껏 쓴 기사를 화면에 띄워놓고는 계산대 앞에서 부단히 접고 펴기를 반복했다.

2

데스크에 '종이 접는 남자'를 만나러 갔다고는 말하지는 않았다. 재난이나 사고 같은 일에 엮이지 않은 일반인의 과학 관련 이야기라니. 적어도 정치인 테마주에 발가락이라도 걸쳐 놓았더라면 데스크에다 조회 수라도 잘 나올 것이라는 핑계라도 댈 수도 있었을 것이다. 그렇게 내가 쓴 글은 언론사 클라우드에도 업로드되지 못했고, 내 하드디스크에만 보관되었다.

그렇게 '종이 접는 남자'를 만나고 6개월이란 시간이 지났다. 그날 이후로 그에 대한 글을 쓴 적은 없었다. 출근해서 선배에게 요령 피우지 말라는 꾸지람을 듣고 나니 정확히 마음이 반으로 접힌 것만 같았다. 다시 그에 대한 관심이 돌아왔을 때는 정부 예산안 관련 기획 기사를 쓰던 중이었다. 커피를 맥주처럼 들이켜고, 담배를 줄곧 피우고는 가뜩이나 숱 없는 머리카락을 쥐어뜯고 있었다.

"소설이라도 쓰냐?"

선배의 말에 정신이 번쩍 들었다. 내 눈앞에는 멀건 화면만이 떠 있었다. 단 한 줄도 쓰지 못한 상황이었다. 선배는 그런 나를 보고서 소리가 나게 웃더니 잠시 일어나서 바람이나 쐬러 가자고 했다. 나는 기사를 작성해야 한다면서 선배의 제안을 거절했고, 다시 글에 집중했다. 선배가 한숨을 크게 내쉬더니 내게 말했다.

"너, 출장 좀 다녀와야겠다."

"출장이요? 어디로요?"

갑작스러운 출장 명령에도 내 시선은 선배를 향하지 않았다. 선배가 혀를 끌끌 차며 말했다.

"선배가 가라고 하면 그냥 갈 것이지."

선배는 입맛을 다셨다.

"나 때는… 아니다."

나는 속으로 '자기도 그 말 많던 X세대면서'라 말하고는 기사 작성에 다시 신경을 쏟아부었다. 기재부에서 나온 예산 편성안을 바탕으로 데스크가 내린 스탠스를 반영하여 쓰면 되는 지극히 일차원적인 기사였음에도 마가 낀 것처럼 도저히 진도가 나가질 않았다. 어떻게든 꾸역꾸역 기사를 쓰고 있는데, 선배가 말했다.

"너 메신저는 확인해봤어?"

그제야 선배를 보았다. 선배는 담배를 꼬나물고서 재밌다는 듯이 낄낄거렸다. 머리는 떡이 져 있었고, 수염 자국은 진했다. 셔츠의 겨드랑이 부분은 다른 부분과 비교해 살짝 누렇게 갈변해 있었다. 선배가 말했다.

"내년 기재부 예산 편성 관련 기사지? 그거 특집으로 빼서 용철이랑 나래, 동휘가 같이 들어갈 거야."

책상 위에 날벼락이라도 떨어진 것만 같았다. 나는 재빠르게 저장 버튼을 누르고는 메신저를 켰다.

"왜요? 갑자기."

"알잖아. 전기차 보조금부터 뭐 요양 병원 예산까지. 우리 주님들께서 하고픈 말들이 많으신 거겠지."

선배는 일부러 입을 오므렸다. 어쨌거나 말은 통했다. 언론사라 해도, 회사였고, 회사에게 있어 금전적 이익이 최대 목적인 것은 사실이었으니까. 메신저를 확인하고 나서는 기사를 모두 지워버리고 싶은 충동을 느꼈다. 그러나 어찌 될지 모르는 게 이 바닥의 순리였다. 얌전히 쓰던 기사를 컴퓨터에 한 부, 클라우드에 한 부 저장해놓았다. 힘이 쭉 빠졌다. 의자 헤드레스트에 머리를 기대고서 멍하니 포털 기사창만 바라 보았다. 선배가 내 어깨를 툭 쳤다.

"다녀오라니까. 출장 갈 사람 여기서 너 밖에 없어."

짜증이 치밀어 올랐다. 입을 튀어내고는 선배에게 볼멘소리를 했다.

"석진이 보내세요. 밑에 새로 온 인턴 기자도 있으니까, 교육도 시킬 겸 괜찮겠네요."

선배는 팔짱을 끼고는 말을 받았다.

"석진이는 이번엔 바이오 연구 R&D 예산이 대폭 삭감돼서 기재부로 달려갔어."

그러고는 내 눈치를 보며 한숨을 푹 쉬었다.

"인턴 기자는 이번에 정규직 전환이 안 돼서 회사 나갔고."

"그럼 인원 충원은요?"

선배는 슬슬 짜증이 나는지 인상을 쓰며 말했다.

"몰라. 위에서 AI 회사랑 계약해서 AI가 대신해서 기사 쓴다고 한다더라. 잘리기 전에 때려치던지 해야지."

선배의 그 말 한마디에 사회부와 생과부를 하나로 통합해야 할 때가 왔다고 생각했다. 더는 두 영역 모두 떨어진 영역이 아니었다.

"아무튼 너도 대체되고 싶지 않으면 갔다 와. AI는 발이 없어서 직접 못 가잖냐."

은근하게 다가온 협박에 마지못해 몸을 일으켰다. 노트북을 챙겨 들고는 선배에게 물었다.

"어딘데요?"

선배가 내 어깨를 툭하고 두들겼다.

"메신저 확인해봐."

그때 메신저 알림음이 들려왔다. 메신저를 열어보니 연구소장이 보낸 성명서를 비롯해 나래호 프로젝트에 참여한 연구소 직원들의 시위 영상이 공유되어 있었다. 영상을 클릭해보았다. 연구소 직원들은 연구소 앞 광장에서 '대한민국 과학 죽이기'라 쓰여 있는 현수막을 들고서 예산안 삭감에 대해 시위하고 있었다. 그런데 그렇게 현수막을 들고 있는 사람 중 한 사람의 손이 눈길을 끌었다. 종이접기 남자의 손이었다. 당사자는 마스크를 쓰고 있었으나 마이크를 잡고 있던 그의 손만은 잊을 수가 없었다.

*

기자회견장에서 연구소장은 기재부의 예산 삭감에 '유

감'이라는 말만을 반복할 뿐이었다. 기자들의 텔레그램 단체 채팅방에서는 일주일 안에 연구소장이 교체될 것이라는 소문이 돌고 있었다.

기자들은 끈이 떨어진 연구소장의 말에 귀를 기울이기보다 차기 연구소장이 누구인지 예상하는 데에 열심이었다. 장관의 학연, 혈연부터 고향의 친구들 인적사항이 단체 채팅방에 떠돌았다. 이러다가 어제 장관이 식사하러 간 식당 옆 테이블 손님들까지도 전수조사할 모양새였다. 그러나 내 신경은 온통 다른 곳에 쏠려 있었다. 연구소장이 말을 채 끝마치기도 전에 나는 부리나케 노트북을 덮고는 기자회견장을 빠져나갔다.

역에 가니 여전히 알바생들이 에스컬레이터를 타고 올라온 사람들에게 전단지를 나눠주고 있었다. 전단지를 한 장 받아 들고는 주변을 살폈다. 전단지가 가득 처박힌 쓰레기통이 눈에 들어왔다. 나는 다시 역으로 돌아가 두 장이나 전단지를 받아들고는 알바생 중 한 명에게 물었다.

"혹시, 여기 근처에서 종이 접는….."

말이 채 끝나기도 전에 알바생이 말했다.

"아, 종이 접는 아저씨요?"

알바생은 나를 향해 고개를 숙이고는 속삭였다.

"그 아저씨, 여기 주변 사장님들한테 구걸한다고 민원 엄청 받고 쫓겨났어요. 옛날부터 불편했나봐요. 아쉬워요. 그 아저씨 덕분에 사람들이 전보다 더 많이 전단지를 받았거든요."

우려가 현실이 되었다. 나는 알바생에게서 전단지를 세 장 더 받아들고는 택시를 잡아탔다. 주소가 제대로 떠오르지 않아 골목을 이리저리 헤매야 했다. 노을이 지고 나서야 익숙한 골목 어귀를 발견한 나는 택시 기사에게 내려달라 말하고는 옥상을 향해 뛰어갔다. 계단을 오르려는데 창문이 열리더니 아주머니가 고개를 빼꼼 내밀었다.

"아저씨. 혹시, 옥상에 살던 총각 만나러 왔어?"

나는 사람 좋은 미소를 하고는 고개를 꾸벅 숙였다. 기자에게 먼저 다가오는 이들은 보통 두 종류였다. 거짓된 정보를 주기 위해서나, 아주 중요한 정보를 주기 위해서나. 아주머니의 말에 귀를 기울였다. 아주머니는 주변을 살폈다. 남자가 없는 것을 확인하는 것보다는 주변 동네 사람들의 시선을 살피는 것처럼 보였다.

"이틀 전에 방 뺐어."

"어디 간다고 말은 안 했습니까?"

아주머니가 고개를 저었다. 예상은 했지만 아쉬움이 몰려 왔다.

"보통 총각이 아녀. 옥상에다 집 지은 거 봤어?"

나는 옥상을 가리키며 아주머니에게 물었다.

"혹시 옥상에 올라가봐도 될까요?"

아주머니는 고개를 끄덕이고는 혀를 끌끌 찼다.

"옥탑방도 없어서 당장 들어올 사람도 없는데, 아쉽다.
아쉬워."

옥상은 말끔히 치워져 있었다. 접을 수 있는 물건이나
종이 한 장 보이지 않았다. 어쩔 수 없이 바닥에 퍼질러 앉
아 하늘을 올려다보았다. 노을이 옥상 위를 주황빛으로
물들이고 있었다. 어제 연구소에서 보았던 화성 사진이
떠올랐다. 아무도 없이 오롯이 주황빛 황량한 대지만이
가득한 행성. 그처럼 무엇도 접힐 것이 없는 이 빈 옥상 위
에서 나는 고독감을 느꼈다.

그 자리에서 메신저 앱을 열고는 연구소 직원들의 시위
영상을 클릭했다. 남자가 마이크를 잡고서 자유 발언을
하고 있었다.

"저는 연구소에서 나래호 태양광 패널을 직접 접는 임
무를 맡았습니다. 나노미터 단위로 얇은 태양광 패널을
직접 접는 데에는 섬세한 작업이 필요합니다. 저는 작업
을 위해 나래호가 발사되기 6개월 전부터는 주당 120시
간 가깝게 일을 했습니다. 패널이 망가지면 모두 저의 책
임이었기에 퇴근 이후에도 종이를 접으면서 연습해야 했
습니다. 그렇게 저녁과 주말 없이 오직 우리 손으로 외계
로 나아가는 우주선을 만들겠다는 일념으로 일을 했습니
다."

남자의 목소리가 떨렸다.

"프로젝트는 성공했습니다. 사람들은 한국이 선진국으로 한 단계 도약했다고 말하며 환호했습니다. 그러나 그도약이라는 작용은 개인의 희생이라는 반작용으로 이뤄진 것이었습니다."

그는 잠긴 목을 가다듬고는 목소리에 힘을 주어 다시 말을 이었다.

"국가는 우주를 향해 나아가는데, 개인의 처지는 언제 무너질 지 모를 정도로 불안정합니다. 이대로는 안 됩니다. 연구소 노동자들의 현실을 제발 한 번만 생각해주시길 바랍니다."

영상이 촬영된 날짜를 보니 불과 3일 전이었다. 선배에게서 부재중 전화가 여럿 와 있었다. 문자도 쏟아지고 있었는데 읽지는 않았다. 지난번처럼 문책으로 끝나지는 않을 것 같았다. 자리를 정리하고서 옥상에서 내려가려는데, 옥상 구석에 놓여 있는 무언가 보였다. 종이 접기 작품이었다. 남자가 미처 챙기지 못한 모양이었다.

다가가 작품을 주워 들었다. 작품은 여태 본 적 없는 이상한 모양을 하고 있었다. 겉으로 보아서는 도넛 모양이었으나 구멍 안을 보니 겉면이 보였다. 안과 밖이 제대로 구분되지 않는 이 기이한 종이접기를 나는 가만히 바라보았다. 도대체 어떻게 접었을까 싶었다. 주변을 살피고는 주머니에 작품을 챙겨 넣었다.

*

　기차에 올라타고서 잠에 들었다. 꿈을 꾸었다. 세상이 여러 갈래로 접히는 꿈이었다. 남자의 손짓에서부터 모든 접힘은 시작됐다. 남자의 게르와 가구를 비롯한 물건들이 접혔고, 선반 위에 놓여 있던 종이들은 저절로 사람들의 얼굴을 비롯해 우주 행성 등 갖가지 형태를 유지하다가 일순간에 구겨졌다. 시선이 이동해 은행에 이르렀다. 금고에 쌓여 있는 지폐가 접히고 접혔다. 접히면 접힐수록 기하급수적으로 두꺼워지던 지폐는 금방 사람들의 은행 잔고 숫자가 저장된 서버실을 뚫고 우주를 향해 나아갔다. 지폐는 우주 어딘가로 향해 나아가던 나래호를 쳤고, 그와 동시에 공간이 접히기 시작했다. 공간이 계속해서 접히는 바람에 나래호는 나아가지 못하고 그 자리에 멈춰 서 있다가 이내 지구를 비롯한 모든 물질과 한데 뭉쳐졌다. 이 단단히 압축된 공간은 하나의 점처럼 보였다. 공간 속에 갇힌 나는 질식할 것 같은 답답함을 느꼈다.
　"우리 기차는 잠시 후 마지막 역인 서울역, 서울역에 도착합니다."
　식은땀을 뻘뻘 흘리면서 잠에서 깬 나는 주머니에 손을 넣어 남자가 남겨놓은 도넛 모양의 종이접기를 다시 펼쳐

보았다. 종이에 뭐라도 적혀 있을 것이라 생각했으나, 막상 종이에는 아무것도 적혀 있지 않았다. 나는 말간 종이를 보다가 다시 원래 모양으로 접어보려 했다. 그의 손짓을 기억해내려 하다가 모양이 나오지 않자, 종이에 남겨진 자국 그대로 다시 접어보려 했다. 그러나 시도하면 할수록 종이는 그저 구겨지며 원형에서 점점 멀어질 따름이었다. 그렇게 펴고 접기를 수백 번, 끝내 내 손에 남은 것은 어느덧 예술품이 아니라 쓸모없는 구겨진 종이 뿐이었다. 서울역에 도착한 나는 쓰레기가 된 종이를 물끄러미 바라보다가 종이비행기 모양으로 접어서 쓰레기통을 향해 던졌다. 구겨진 종이비행기는 완벽한 포물선을 그리며 정확히 쓰레기통에 들어갔다.

완벽한 계산 속에서 벌어진 지극히 운명적인 사건들이었다.

궁극의 탑

냉전 시대에 미국과 소련이 서로에게 원자 폭탄을 투하했더라면, 중세 시대에 흑사병 세균이 박멸되기 직전에 조금이라도 변이했더라면, 혹은 인도네시아 토바 화산 폭발로 촉발된 마지막 빙하기에 생존한 인간 개체의 수가 종의 유전적 다양성 유지에 필요한 최솟값인 3000명 아래였더라면, 답은커녕 문제조차도 발생하지 않았을 것이다.

그러나 이 모든 위기를 이겨낸 인간들은 과학기술의 발전으로 지구가 우주 초기에 탄생한 행성 중 하나이며, 지구의 생명체가 관측 가능한 우주 전체에서 가장 먼저 탄생한 생명체임을 알게 되었다. 역동적인 무한에 가까운 우주 공간이 순식간에 잡동사니로 가득한 지하실이 되어 버렸고, 인간들은 절망했다.

낙제점이 가득한 성적표를 바라보는 아이처럼 한동안 우주에서 눈을 돌려버렸지만, 얼마 지나지 않아 그들은 타 행성을 침공했다. 아이러니하게도 이 일련의 역사적 흐름은 우주 첫 생명체로서 가지는 사명감, 인간의 가슴을 치는 모험심에서 비롯된 게 아니라, 인간들이 수돗물보다 생수를 더욱 선호하기 시작했을 때부터 결정되어 있었다.

인간들은 지구 생명체들을 우주의 여러 골디락스 행성에 뿌리고 다녔다. 생명체들이 잘 자랄 수 있게 먼저 행성에 소행성을 충돌시킨 뒤 물을 공급하고, 이를 토대로 생긴 물과 행성의 광석을 활용해 대기를 만들어냈다. 그러고는 그곳에 자리 잡은 고등 생명체들이 어느 정도 문명 수준에 도달했을 때, 인간은 그들에게 모습을 드러내고는 자신들이 그들의 창조주이며, 그들을 어여삐 여겨 그들을 이끌어 줄 것이라 선포했다. 인간들은 이러한 행위를 '조우'라 불렀다. 행성 침공 전문 기업 '테라피스트'의 대표이사의 말을 빌리자면, 조우야말로 목숨을 걸고서 '산을 오르는 것과 같은' 숭고한 작업이었다.

*

테라피스트 조우 부서 업무 인수인계서
테라피스트 조우 행성 카탈로그

사라는 업무 인수인계서 대신 카탈로그를 열어보았다. 카탈로그 내부에는 지구를 중심으로 한 지도가 있었고, 지도 위 행성들을 손가락으로 건들 때마다 사진이 알림창처럼 튀어나왔다. 사진에는 테라피스트의 관리 안에 있는 각 행성의 여러 풍경과 행성에 살고 있는 동물들의 모습이 담겨 있었다. 행성의 동물들은 자원을 운반선으로 운반할 소나 말, 하물며 반려용 강아지 따위도 아니었다. 그들은 완전한 인간의 외양을 하고 있었다. 사라는 직업 학교에서 배운 수업을 떠올렸다.

　인간이야말로 자원 확보에 최적인 종이다. 우주 최초로 문명을 이룩한 존재도 인간이었고, 지구상에서 개발된 모든 인공지능과의 경쟁에서 승리한 AI '판타레이'를 만든 존재도 인간이었다. 몇몇은 기본적인 인간의 형태에 개구리의 물갈퀴나, 새의 날개를 다는 등 '자원 채취에 효율적일 수도' 있는 방법을 이론적으로 제시했으나, 수천만 년에 걸친 생존 투쟁에 걸쳐 남은 상태에서 궁극의 답을 찾아 우주까지 나온 '인간'이라는 완벽한 표본이 존재했기에 그들의 의견은 묵살되었다.

　사라는 이럴 바에 타 행성에 인간을 직접 보내거나, 그것도 윤리적인 문제 때문에 힘이 든다면 판타레이가 탑재된 안드로이드를 보내는 방법도 생각했지만, 카탈로그 첫 문단을 보자마자 고개를 떨굴 수밖에 없었다. 사라는 카탈로그의 첫 문단을 소리내서 읽었다.

"금융사업부의 사업성 평가에 따르면, 인간 형태의 생명체를 빠르게 키워낸 후 조우하는 현재의 방식이 경제성 부분에서 최선이라 판단된다. 현재 가장 큰 문제는⋯."

"로열티, 판타레이의 로열티 문제지."

탄의 목소리에 사라는 화들짝 놀라 카탈로그를 덮었다. 탄은 사라를 물끄러미 바라보았다. 사라는 눈을 감고서 숨을 크게 들이마셨다. 출근 첫날, 직속 상사에게 얼빠진 모습을 보이고 만 것이다. 월세와 각종 공과금 독촉장이 아찔하게 사라의 머릿속을 스쳐갔다. 기술이 발전하면 할수록 이것들은 호흡과 노화만큼이나 지독하게 삶과 맞붙어갔다. 탄이 말했다.

"판타레이에 명령어 한 번 입력하는 데만 해도 이런 행성 여섯은 필요하니까. 나도 그런 생각한 적 있어. 판타레이의 로열티가 조금만 적었더라면, 안드로이드들이 저곳에 파견되었을 거고, 우리가 직접 저곳을 침략할 필요는 없겠지."

탄은 책상에 걸터앉아 밖을 내다보았다. 언뜻 보면 지구와 다를 것 없는 풍경이었다. 낮에는 행성 표면의 절반 이상을 뒤덮은 물이 빛을 받아 푸르렀고, 밤에는 대륙 곳곳에 세워진 도시에서 자연에서는 볼 수 없는 형형색색의

빛을 볼 수 있었다. 인공 중력 발생 장치를 잠시 껐을 때 탄은 허공에 떠올라 여러 방향에서 Trappist-1F을 보았다. 아무리 봐도 자신이 떠나온 지구와 다를 바가 없었다. 밤과 낮이 있고, 표면 대부분이 물로 차 있으며, 대륙에서는 인공적인 빛이 난다. 탄은 창에서 고개를 돌렸다. 침공해야 할 행성이었기에 그들에게 감정을 가져서는 안 됐다. 그건 우주 인권 단체들의 역할이지, 자신과 같은 침략자가 가져야 할 덕목은 아니었다. 탄이 말을 이었다.

"그리고 저곳이 태어나지도 않았을 것이고."

탄은 사라를 물끄러미 보더니 업무 인수인계서를 카탈로그 위에 올려놓고는 방을 빠져나갔다. 사라는 인수인계서를 펼치고는 항목들을 읽어 내렸다. 그러다 판타레이 항목에서 멈추고는 카탈로그를 번갈아 보았다. 사라가 혼잣말을 했다.

"그럼 판타레이도 작동 못하겠죠. 자원이 없으니까."

*

실시간 판타레이 이용료 : 골디락스 행성 열세 개 (변동 시세)

오늘날 인간이 판타레이를 대하는 방식은 고대 인간이 태양을 대하는 것과 유사했다. 인간을 살아가게 하는 기본적인 동력이면서도 한순간에 인간을 짓이겨버릴 수도 있는 애증의 신. 그 존재 자체가 너무나도 거대하고 멀리 있어 손을 댈 수조차 없고, 그저 멀리서 바라보는 것이 전부인 존재. 오늘날 인간은 태양을 비롯한 항성들을 제어할 수 있는 힘을 가지게 되었음에도 스스로 만든 신에 매달려 그에게 공물을 바치며 그의 말씀을 갈구했다.

오늘날 인간이 판타레이와 대결한다는 이야기는, 인간이 자동차와, 아니, 인간이 공전하는 지구와 달리기 시합을 한다는 소리와 같았다. 임계점을 멀찍이 뛰어넘은 상태였다. 사람들은 판타레이에 모든 것을 의지했다. 판타레이는 인간이 손을 대는 모든 분야에 관여했다. 식량을 생산하고, 옷을 디자인하고, 집을 쌓아 올리는 생존에 필요한 활동은 물론이고, 사람과 사람 사이를 이어 결혼을 성사시키고, 집단을 조직하고, 사회를 구성한 뒤, 국가를 만들어내 끝내는 헤겔이 주구장창 강조하던 '절대정신'의 모습을 보이려 하고 있었다.

인간들은 언젠가 판타레이가 궁극의 답을 내놓을 것이라 했다. 궁극의 답이란 우주와 생명체의 기원은 물론, 우리가 왜 살아가며, 앞으로 어떻게 살아가야 할지를 알려주는 말 그대로 진리 그 자체였다.

그러나 판타레이를 한 번 가동하기 위해서는 막대한 양의 자원이 필요했고, 이 자원은 테라피스트 같은 행성 침공 기업들을 통해 공급됐다. 인간이 판타레이의 결과물로 상온 상압 초전도체를 활용해 반중력 우주선을 만들고, 약물 제조 비법을 전수받아 영생에 가까운 육체를 얻어 풍요로워진 만큼 우주 전체에 퍼진 생명체는 고통을 받았다.

사라는 탄이 서 있던 창으로 다가갔다. 사라에게도 Trappist-1F의 전경이 보였다. 도시의 불빛은 규칙적으로 반짝거렸다. 마치 그들이 사라를 향해 신호를 보내고 있는 것만 같았다.

"사라, 조종실로."

사라는 업무 인수인계서와 카탈로그를 들고 조종실로 향했다. 행성 하나를 통째로 담당하는 자들의 조종실이라 해서 지구 함선의 선장실처럼 대단하지는 않았다. 두 사람이 겨우 서 있을 만한 넓이에다 계기판은 낡은 구형이었다. 우주선은 2인승으로 사수 탄과 부사수 사라만이 탑승해 있었다. 테라피스트가 관리하는 행성만 해도 수십만 개에 달했으므로, 인적자원을 최대한 효율적으로 배치해야 했다.

탄이 조이스틱을 조심스럽게 움직이자 우주선이 나아갔다. 우주선은 한 도시 상공을 가로질렀다. 건물의 높이와 넓이, 도시의 밝기, 소리의 진동을 고려한 것으로 Trappist-1F에서 가장 에너지가 많이 몰려 있는 장소였다. 우주선은 아슬아슬하게 가장 높은 건물의 벽면을 스쳐갔다. 탄은 조이스틱에서 손을 떼고서 땀을 훔쳐내고는 사라에게 말했다.

"준비해."

사라의 얼굴이 순간 굳었다. 업무 인수인계서에서 봤던 과정이 떠올랐다. 탄은 사라의 앞을 가리켰다. 마이크 한 대가 놓여 있었고, 그 밑에는 붉은 버튼이 솟아 있었다. 탄이 말했다.

"이제, 조우를 선포해야지."

*

논휴먼 대처 요령 : 압도적인 기술적 우위를 보일 것

사라의 눈에 '조우'는 인간의 본능에서 발현된 확장된 표현형에 불과했다. 생존 본능이 영양분 섭취와 번식에서 머물지 않고, 비만과 포르노에 이어 필요 이상의 돈을 쓸어담는 자본주의적 행태로 나타나더니, 끝내 인간 스스로 타 행성에 생명체를 키워내고는 그 생명체를 정복하며 카타르시스를 느끼는 최종적인 형태로 자리 잡은 것이었다. 빨간 버튼 앞에 가만히 서 있던 사라가 탄을 향해 고개를 돌리고는 물었다.

"차장님. 일하면서 죄책감, 이런 건 안 느껴요?"

탄은 대수롭지 않은 듯이 대답했다.

"죄책감? 오히려 고마워해야 하는 거 아닌가? 기업에서 그 큰돈을 들여서 좋은 환경을 만들고, 우리 같은 작업자들이 밤새 일해서 자기들을 탄생시켜줬는데?"

사라의 좁혀진 미간을 보고서 탄은 시간이 오래 걸릴 것을 직감했다. 그는 자리에 앉아 책상 위에 발을 올리고는 핸드폰을 켜서 주식 창을 보았다. 탄의 계좌에는 파란 숫자가 선명했다. 최근 소문으로는 판타레이가 아주 오래전부터 주식 시장에 개입했고 곧 그 결과가 나올 것이라 했다. 개인은 정부를, 정부는 시장을, 그리고 이 모든 존재는 판타레이를 이길 수 없었다. 사라는 갑자기 소리를 지르더니 그에게 물었다. 짜증이 한껏 담긴 목소리였다.

"아무리 봐도 인간이잖아요."

사라는 들고 온 카탈로그를 펴서 탄에게 보였다. 카탈로그 속 Trappist-1F 위를 거닐고 있는 논휴먼들은 자신들에게 곧 벌어질 일이 어떤 것인지 알지 못했다. 그들은 어느때와 같이 아침에 일어나 화장실에서 볼일을 보고, 음식물을 씹어 삼키곤 몸을 움직이며 소화하고, 지상에 있는 커뮤니티로 올라가 그림을 그리는 등 창조적인 활동을 하다가 밤이 되면 지하로 내려와 반복적인 일을 하거나 잠을 잤다. 개체로 보면 일상의 반복이요, 종으로 보면 영원이었다. 사라와 탄이라는 비일상적인 존재가 나타나 그들의 안정적인 루프를 깨려 했다. 탄이 카탈로그를 얼굴에서 밀어내며 말했다.

"동정하지 마."

사라가 탄을 노려보자, 탄은 시선을 다시 핸드폰에 두며 말했다.

"죄책감은 저기 판타레이를 소유한 기업이 느껴야지. 이게 전부 자기들 때문에 벌어지는 일이잖아. 아까 내가 말했지? 판타레이의 로열티가 조금만 낮았어도 논휴먼은 태어나지도 않았어."

사라는 귀를 막고 싶었다. '논휴먼'이라는 단어 자체가 듣기 싫었다. 인간들은 타행성의 인간형 생명체를 '논휴먼'이라 불렀다. '논휴먼'은 말 그대로 인간이 아니라는 뜻으로 비교적 최근에 제정된 단어였다.

얼마 전, 테라피스트의 일부 직원이 행성의 생명체를 자신과 같은 인간이라 주장하며 조우 프로젝트를 무단으로 중단했다. 다행히 업무를 거부하는 것 이상으로 일이 크게 번지지 않아 해당 직원들은 타부서로 전보 조치되는 수준에서 결말을 맺었다. 임원들은 일선 직원들이 업무 중단을 선언할 시 막을 방법을 모색하다 답이 나오지 않자 로열티를 지불하고는 판타레이에게 방법을 물었다. 판타레이는 고등 생명체를 '논휴먼'이라 부르는 아주 간단

한 방법을 제시했다.

사람들은 테라피스트가 거액을 날렸다며 비웃어댔지만, 단어의 힘은 막강했다. 반복적으로 타행성의 인간형 생명체를 '인간이 아닌 존재'라 부르게 되면서 일선 직원들이 느끼는 부담감이 크게 떨어졌다. 지구에서 바이럴마케팅이라 불리는 유서 깊은 방식이 증명했듯 무의식적인 반복과 주입은 직원들에게 인간형 생명체를 인간이 아닌 존재로 만들어버렸다. 사라는 탄에게 물었다.

"법적으로는요?"

탄은 고개를 저었다. 여전히 시선은 핸드폰에다 두고 있었다.

"문제없어. 말 그대로 논휴먼은 인간이 아니니까."

탄의 대답은 부드럽다 못해 대본처럼 느껴질 정도로 완벽했다. 조우 부서로 전보오기 전, 탄은 언론 대응 부서에 속해 있었으며 그곳에서는 사라보다도 급진적인 인권 단체와 직접적으로 여러 차례 부딪혔다. 그들은 인간형 생명체는 물론, 우주에 퍼트린 모든 종류의 생명체를 인간과 동등하게 취급해야 한다고 했다.

탄이 그들에게 판타레이조차도 모두를 고려하며 '선택'을 내릴 수는 없다고 말하자, 그들은 판타레이가 이제라도 어떤 선택도 내려서는 안 된다고 주장했다. 그러나 탄은 그들의 주장을 받아들일 수 없었다. 사라는 탄에게 말했다.

"차장님. 차장님께 양심이라는 게 남아 있어요?"

그 말을 들은 탄은 자리에서 벌떡 일어나 천장에 있는 푸른 버튼을 눌렀다. 그러자 배양액이 담긴 플라스틱 원통들이 줄지어 있는 선반이 아래로 내려왔다. 탄이 원통 하나를 꺼내 내부를 가리키며 말했다.

"하나만 물을 게. 이것들도 인간이야?"

막걸리 속 효모처럼 꿈틀거리는 세포들이었다. 그것들은 이 우주선에서 배양을 거쳐 또다른 골디락스 행성에서 논휴먼으로 태어나게 될 것이다. 사라는 말을 우물거렸다.

"지금은 아니지만요. 그래도 후에 그렇게 자랄 거 아녜요?"

"아니. 네가 그렇게 좋아하는 법적으로는 아니야. 직업 학교에서 인간 정의에 대한 책은 살펴봤어?"

사라는 직업 학교에서 보았던 대하 소설 분량의 책을 떠올렸다. 제목은 『인간 정의』였다. 충분히 디지털 데이터로 보관할 수도 있었음에도 학교장은 인간을 완벽하게 정의한 것에 대한 '기념'이라며 종이책으로 만들어 전시해 놓았다. 탄이 핸드폰으로 빠르게 검색을 하기 시작했다.

"난 다 봤어. 판타레이는 인간을 아주 좁게 해석하고 있어. 사회적 무리를 이루고, 도구도 사용하면서. 물론 유전

게놈은 우주선 생활을 하다 보니 망가져서 이제는 삭제된 항목이니까 빼고…."

탄은 핸드폰 화면을 사라에게 보였다. 그의 손가락은 턴테이블 침처럼 '지구 출신'이라는 단어를 시작으로 미국, 중국, 영국, 한국 등 지구에 있는 국가들을 훑었다. 그들만이 인간으로 분류되는 것이다. 사라에게 충분히 근거를 보여줬다고 생각했는지 탄은 팔을 턱에 괴고서 말했다.

"됐지? 더 설명이 필요해?"

사라는 잠시 머뭇거리다가 패드에 뜬 논휴먼들을 보고는 고개를 숙였다.

"못하겠어요. 아무리 봐도 인간이에요."

탄이 핸드폰을 치우고서 벌떡 일어나더니 사라를 노려보았다. 사라는 위압적인 탄의 태도에 말을 쉽게 잇지 못했다. 탄은 설명을 이어갔다.

"외형은 당연히 우리랑 비슷해. 그야 인간 게놈 지도를 따랐으니까. 그렇지만, 판타레이가 낸 인간 정의에 따르면…."

"그럼, 저들이 봤을 때 우리는요?"

사라의 목소리에는 힘이 실려 있었다. 탄이 사라를 노려 보았지만, 사라는 물러나지 않았다.

"자기들과 같은 인간으로 보이겠죠. 자기들보다 조금

기술적으로 앞서 나간 그런 인간이요.”

“만약 저들이 우리와 같은 인간이라면, 판타레이가 처리해야 할 문제가 두 배, 아니, 우주 전체에 퍼진 생명체의 수만큼 커지는 거야. 그럼 고려해야 할 인자 수가 무한대로 늘어나서 판타레이의 연산량이 늘겠지.”

“연산량이 늘면요?”

탄은 어깨를 으쓱했다.

“그럼 더는 어떤 문제도 제대로 풀지 못하게 돼.”

사라는 눈을 똑바로 뜨고서 탄을 쏘아보았다.

“말할 거예요.”

“어떻게? 아니, 어디에다?”

“우주 인권 단체에 신고할 거예요.”

사라의 손가락은 핸드폰에 향해 있었다. 탄은 기침을 하듯 실소를 뱉어냈다. 경멸에 가까운 눈빛과 함께 사라는 미간을 한껏 찌푸렸다.

“왜 웃어요? 진짜 신고해요?”

탄은 사라의 표정을 살피고는 고개를 떨구더니 혀를 끌끌 찼다. 탄이 말했다.

“모여서 목소리를 내야 힘을 내는 거야. 그런데 이거 봐. 지구인들은 우주 전체에 골고루 퍼져 있어. 그곳에서 우리처럼 우주선을 타고서 침략할 행성을 바라보고 있지. 네가 내는 목소리가 그들 전체를 모을 수 있을까? 우리는 물리적 거리를 무시할 수 없어. 지구 역사를 봐. 한쪽에서는 먹을 게 없어서 굶어 죽지만, 다른 한쪽에서는 너무 많이 먹어서 죽어. 그때는 짧게는 수 킬로미터만 떨어져 있었어. 1광년을 1분 만에 가는 오늘날에 비하면 아무것도 아니지."

사라도 알고 있었다. 이미 수많은 우주 인권 단체들이 수만 번 성명서를 내고, 자신들이 자리 잡은 행성에서 가두시위를 했다. 그러나 효과는 미미했다. 조우 업무를 거부한 회원들에게 일자리는 주어지지 않았고, 그들이 속한 우주 인권 단체에는 이제 우주선을 발사할 돈조차 없어 성명서가 담긴 전파만 사방으로 쏘아보낼 뿐이었다. 당연히 기업들은 무반응으로 일관했다. 사라는 천천히 핸드폰을 주머니에 집어넣었다. 그리고는 잠시 탄을 빤히 쳐다보다가 몸을 틀어 마이크 앞에 섰다. 탄이 말했다.

"그래, 잘 생각했어. 빨리 조우, 선포해."

그런데 탄의 눈에 무언가 밟혔다. 굳게 결심한 듯한 사라의 표정과 머뭇거리는 그녀의 손짓이었다. 탄은 짜증이 난다는 듯이 눈을 부라렸다.

"왜? 논휴먼들한테 진실이라도 말하려고? 우리가 너희들을 만들어냈고, 침공하려 한다. 그러니 도망쳐라. 경계하라. 이렇게?"

사라가 붉은 버튼 위에 손을 올렸으나, 버튼을 누를 수가 없었다. 머리 속을 들킨 것 같아 혼란스러웠다. 탄이 독심술이라도 쓰는 것 같았다. 탄이 사라를 향해 삿대질하며 말을 이었다.

"그런데 논휴먼들이 어떻게 반응할 건지는 생각해봤어? 네 말 한마디에 논휴먼들이 담합이라도 해서 얼씨구나 자기들을 만든 인간들을 한 번 무찔러보자, 그럴까?"

사라가 탄을 바라보았다. 탄의 얼굴은 금방이라도 터질 것처럼 부풀어 있었다.

"네 선배들은 안 그런 줄 알아? 논휴먼들은 무조건 우리를 받아들여. 그렇다고 그들이 슬프냐고? 아니. 그들도 판타레이가 언젠가 내놓을 궁극의 답에 자신들이 기여하고 있다며 기쁜 마음으로 살고 있어."

사라가 탄을 향해 버럭 소리를 질렀다.

"논휴먼이라고 좀 그만해요! 누가 봐도 사람이잖아요! 왜 얕잡아봐요?"

그러나 탄은 비아냥거리는 말투로 받아쳤다.

"너야말로. 네가 뭔데, 논휴먼 편에서 판단해? 지금껏 인간이 살아온 역사를 생각해봐. 인간들은 어떻게든 생존했어. 자기 터전을 황폐화시키면서 말이야. 만약 판타레이가 없었더라면, 인간들도 그 망가진 터전에 머무르다 죽어갔겠지. 논휴먼들도 마찬가지야. 우리 유전자를 토대로 만들어진 존재인데, 안 그러겠어?"

말을 마친 탄은 한동안 침묵했다. 사라의 고뇌를 탄도 알고 있었다. 탄은 마른세수를 하고는 붉은 버튼을 가리 켰다.

"눌러. 누르지 않으면 회사 차원에서 조치가 있을 거야."

사라는 대답하지 않고, 마이크 아래에 솟아 있는 붉은 버튼을 바라보기만 했다. 보다 못한 탄은 사라의 손목을 잡아 조종실 바깥으로 끌어내고는 말했다.

"생각 정리 제대로 다시 하고 와서 버튼 눌러."

사라의 눈앞에서 문이 거세게 닫혔다.

*

사라는 Trappist-1F가 보이는 창에 서서 생각을 정리 하려 했다. 속으로 혼잣말을 되뇌었다.

'논휴먼, 저들은 인간이 아니다. 지구에서 태어난 우리 만이 인간이며, 나의 업무는 저들과 조우하는 것이다.'

사라는 탄이 밉지 않았다. 오히려 고마움을 느껴야 했다. 규정대로라면 사라가 조우를 거부한 사실을 탄이 상부에 보고해야 했고, 그렇게 되었더라면 사라는 해고되었을 것이다. 해고된 사라는 우주 난민이 되었겠지. 판타레이가 자리 잡은 세상에서 인간의 일자리는 급속도로 줄어들었으니까.

판타레이의 로열티가 지금보다 훨씬 낮았을 때, 인간들은 판타레이가 만들어내는 값이 싸면서도 다양한 음식, 옷, 주택 등을 소비했다. 대다수의 기업이 파산된 뒤, 우주에 오로지 판타레이와 연관된 기업만 남게 되자, 판타레이의 로열티는 무섭게 치솟았다. 이미 우주 공간 전체로 퍼져서 일하고 있던 인간들은 노동조합을 구성하거나, 정부를 압박할 힘이 없었다. 이들은 테라피스트와 같은 행성 침공 기업에 취직하여 돈을 벌면서 살아갔다. 사라도 마찬가지였다.

사라는 망원경에 눈을 댔다. 망원경은 Trappist-1F를 비추고 있었다. 행성의 대양이 보였다. 거품 가득한 욕조에 머리를 들이미는 것 같았다. 망원경을 움직여 도시 쪽으로 향했다. 수많은 논휴먼들의 모습이 보였다. 그들은 인간과 똑같은 외형을 하고서는 똑같은 일상을 보냈다. 일을 하고, 잠을 자고, 어울려 밥을 먹으면서 함께 웃고, 울고. 사라는 눈을 깜빡였다. 이 평화를 이제 사라, 자신의 손으로 망쳐야 했다.

갑자기 멀지 않은 곳에서 거대한 소리 파장이 느껴졌다. 파열음과 함께 비명이 들려왔다. 망원경을 그곳으로 돌렸다. 땅에서 불꽃이 치솟으며 논휴먼들을 집어삼켰다. 그 와중에도 논휴먼들은 동료의 죽음을 지나치고서 서로를 향해 무기를 발사했다. 그들은 살아남기 위해 발버둥

치며 상대를 죽였다.

사라는 눈을 깜빡였다. 그제야 사라의 눈에 카탈로그 속 정제된 모습이 아닌 실제 논휴먼들의 생활 양상이 눈에 들어왔다. 그들은 살아남기 위해 서로를 죽이고 있었다. 그들의 평화로움은 다른 논휴먼을 죽이고, 행성의 환경을 파괴하는 가운데 이뤄지고 있었다. 웃음 아래에는 비명이 잔뜩 깔려 있었다. 죽어가던 논휴먼 하나가 하늘을 바라보고서 신을 찾았다. 사라와 그의 눈이 마주쳤다. 사라는 화들짝 놀라 소리를 지르며 망원경에서 눈을 뗐다. 그의 눈빛에는 원망과 함께 허망함이 섞여 있었다.

*

언젠가 탄은 판타레이가 만든 가상현실세계로 들어가려 했다. 그곳에만 들어간다면 더는 일을 하지 않아도 됐다. 누구든 자신이 원하는 대로 세상을 살아갈 수 있었다. 어떤 학자들은 인간들이 존재하는 이 세상도 시뮬레이션이라 했지만, 시뮬레이션 밖 존재가 말해주지 않는 이상 증명할 방법이 없었을 뿐더러, 탄의 입장에서는 모든 인간이 판타레이 속으로 들어가면 말끔히 해결될 문제라 그다지 중요하게 여기지 않았다.

조종실 문을 두드리는 소리가 들려왔다. 탄은 문을 두드리는 사람이 누구인지 금방 알았다. 우주선에는 둘만이 탑승해 있었다. 탄이 무심하게 말했다.

"들어와."

사라는 풀이 죽은 상태로 조종실에 들어섰다. 탄은 의
자를 뒤로 젖힌 채 팔로 눈을 가렸다.

"말해."

사라는 탄을 바라보았다. 탄의 표정에서는 인간이 종적
으로 우월하다는 식의 과시적인 자신감은 느껴지지 않았
다. 그보다 지쳐 보였다. 출소일을 모르는 죄수처럼 오직
현재를 벗어나고자 발버둥 치는 존재 같았다. 사라는 문
득 인권 단체들도 판타레이에게 해결책을 물었더라면 어
땠을까 하고 생각했다. 사라가 물었다.

"차장님은 판타레이를 믿으세요?"

탄은 잠시 침묵하다가 고개를 끄덕였다. 끄덕임에 확신
은 없었다.

"믿어. 그런데 어쩔 수 없어서야. 인간들은 해결책을 내
는데 실패했어. 이 고깃덩어리의 한계 때문이지. 그런데
판타레이는 달라."

"뭐가 다른데요?"

탄은 힘을 주어 말했다.

"우주 전체를 구원할 답을 낼 가능성을 가지고 있으니
까."

사라의 뺨에 눈물이 흘렀다. 무너져 내리는 순간이었

다. 탄은 사라를 보며 과거 자신의 모습을 떠올렸다. 신입
사원이었던 탄은 사라보다 더 거세게 회사에 반발했다.
상사 몰래 인간이 개발한 무기를 논휴먼에게 제공하고는
인간의 침공에 맞서 싸우라 했다. 그러나 논휴먼들은 싸
우지 않았다. 오히려 모든 사실을 알게 되고는 직접 테라
피스트 모체에 신호를 보냈다.

　탄이 저항을 종용했다고.

　자신들은 저항에 참여하지 않으며 위대한 판타레이의
계획의 일부가 되고 싶다고. 탄은 조우 부서에서 언론 대
응 부서로 전출됐고, 오랜 시간이 흘러 다시 조우 부서로
돌아왔다. 이번에도 실패할 경우 해고 대상자가 된다는
경고와 함께. 탄은 이 모든 게 수뇌부가 판타레이에게 의
뢰해 받은 '인사관리법'에 있는 내용일까 싶었다. 탄이 말
을 이었다.

　"사라. 정신 차려. 판타레이가 우주 전체를 구원할 어떤
결과물을 낼 때까지 이 구조는 절대 무너져서는 안 돼. 그
때까지 희생은 불가피한 거야."

　탄은 한숨을 크게 내쉬더니 자리에서 벌떡 일어나 방을
빠져나갔다. 사라는 멍하니 Trappist-1F를 바라보았다.
불빛이 깜빡거리고 있었다. 마치 사라를 향해 구조 신호
를 보내고 있는 것 같았다.

17세기 오스만 튀르크가 동로마를 멸망시키며 서유럽과 아시아를 잇는 지중해 무역로를 장악했다. 그들은 인도에서 수입되는 후추를 비롯한 상품들의 가격을 통제했고, 서유럽 국가들은 인도와 무역할 새로운 길을 찾아야 했다. 그들은 인도로 가는 새로운 길을 찾다가 신대륙을 발견했고, 그곳에서 원주민들을 마주했다. 원주민들은 그들의 식민 노예가 되었고, 그들이 생산해내는 모든 재화를 빼앗겼다.

신의 이름으로 거행된 기본적인 욕구 충족이었다.

지금 이 순간에도 Trappist-1F의 기술은 발전하고 있었다. 사라는 서둘러 결정을 내려야 했다. 저들이 AI를 발명해내기 전에, 그래서 판타레이가 위험을 감지하고는 그들을 쓸어버리기로 명령을 내리기 전에. 그것이 저들을 진정으로 위하는 길일지도 몰랐다. 고민 끝에 사라는 수신 신호들을 모조리 차단해버리고는 마이크 버튼을 눌렀다. 호흡을 가다듬고는 대본을 읽어내렸다. 그 대본은 본격적인 AI 경쟁이 벌어지기 수백 년 전, 기업이 초기 AI에게 무료로 받아낸 것으로, 역사서를 참고했다고 알려져 있었다.

"항복하라. 그대들은 모두 우리, 인간을 위해 창조되었다. 인간은 그대들보다 훨씬 진보된 존재이며 지금 당장 그대들을 전멸시킬 수 있다. 항복하라. 인간은 그대들을 공정하게 대할 것이다. 그대들은 우리에게 없는 것을 주고, 우리는 그대들에게 없는 것을 줄 것이다. 그로 인해 그대들은 우리를 만나기 전보다 나은 삶을 살 것이다. 그곳은 바로 천국이라 불린다. 인간의 이름으로 그대들에게 명한다. 항복하라."

　대본은 끝이 나 있었으나, 사라는 마이크 버튼을 오래도록 누르고 있었다.

악마와 함께 춤을

원, 투, 차차. 쓰리, 포, 차차.

원, 투, 차차. 쓰리, 포, 차차.

같은 추임새, 같은 템포였지만, 둘이 주는 느낌은 확연히 달랐다. 추임새만으로도 어깨춤을 추게 하는 쪽은 한때 아마추어 댄스 대회에 나가서 우승컵까지 거머쥔 최홍이었다. 얼마 남지 않은 옆머리를 포마드로 머리 뿌리까지 한쪽으로 넘겨버린 모습과 매혹적인 일자 수염, 이어서 몸 맵시를 온전히 드러내는 레이스 달린 무용복까지. 최홍은 마치 춤을 위해 태어난 사람 같았다. 그는 엉덩이를 씰룩거리면서 스윙을 했다. 아랫집에서 소음에 올라오지 않을까 걱정이 될 정도였다. 그런데,

"잠깐만요."

최홍이 손을 들었다. 그의 파트너도 따라서 손을 들었

다. 정확하게는 여덟 개의 다리였다. 최홍은 길고 가는 눈썹을 움찔거리며 그의 파트너에게 미안함을 표했다. 파트너는 전혀 상관하지 않는다는 듯이 팔을 저었다. 수족관 상부에서 음성이 들려왔다.

"괜찮습니다."

최홍에게 말을 걸고 있는 존재는 영락없는 문어 한 마리였다. 그의 이름은 옥토로 3살 수컷 문어였다. 옥토는 빨판을 오므렸다. 계속된 연습에 고통이 몰려오는 모양이었다. 옥토는 4개의 손으로 자신의 머리를 쓰다듬었다. 물이 찰박거리며 사방에 튀었다. 흥건하다 못해 집이 수조가 된 것만 같았다. 옥토가 수신호로 잠시 쉬자고 했지만, 최홍이 고개를 저었다.

"다시 시작하시죠."

매트로놈이 다시 움직이기 시작했고, 최홍과 옥토의 유연한 몸이 각자의 구역에서 꿈틀거리며 춤을 추기 시작했다. 박자에 맞춰 바닥이 울려댔다. 금방이라도 천장과 벽을 비롯한 모든 것들이 무너질 것만 같았다.

*

옥토를 만난 날은 지금으로부터 한 달 전이었다. 그때 나는 공장 구조 조정을 목적으로 부산으로 파견을 나온 상태였다. 본사에서는 코로나 시대가 끝나면서 축소된 '집밥 수요'를 이유로 해물탕 밀키트를 만드는 생산 공장 하나를 구조 조정하기로 했고, 그 담당으로 나를 선택했다.

　표면적으로 나는 정기적인 공장 감사를 위해 나온 본사 파견 인원이었으나, 공장 사람들을 만날 때마다 핸드폰 녹음기를 항시 켜고서 카메라로 들키지 않게 이곳저곳을 찍고 다녀야 했다. 선배들은 내게 눈에 불을 켜고서 잘못된 점을 찾으라고 했다. 종사자만 해도 삼십 명인 그리 작지 않은 규모의 공장이었기에 막무가내로 폐쇄할 수는 없었고, 위생 문제나 비리 등 공장 사람들이 꼼짝없이 공장 폐쇄를 받아들일 만한 명분이 필요했다. 그래야 추후 구조 조정 때 보다 쉽게 그들과 '대화'를 할 수 있을 것이었다.

　"웬 미꾸라지 같은 놈이 헤집고 다니네."

　잘 벼린 칼날이 생선의 목을 단숨에 쳐대는 것처럼 말들이 거셌다. 그들은 본능적으로 나를 경계하고 있었다. 그들의 눈에 나는 악마였다. 다른 사람들의 목숨줄을 손에 쥔 양복쟁이는 어디서든 환영받지 못했다.

　물론 나 역시도 가릴 처지가 아니었다. 인사 평가 기간이 얼마 남지 않은 상태였다. 생산직들도 해고되는 마당에 사무직은 바람 앞에 등불이었다. 거기다 월급도 수당을 붙여 조금이지만 더 주는 데다, 숙소는 발코니에서 곧장 바다가 보이는 고층 아파트였기에 나쁘지만은 않은 조건이었다. 아파트 발코니에 서 있다 보면 나도 모르게 낚싯대를 들고 바다를 향해 던지고 싶은 충동을 느꼈다. 언제 이런 곳에 살아볼까 싶었다.

전쟁터에서 아이가 태어나듯 이런 상황에서도 회식은 있었다. 부공장장은 내게 잘생겼다면서 아부를 떨더니 감사를 잘 봐달라며 은근하게 내게 선물용 양주 상자를 건네려 했으나, 나는 받지 않았다. 적절하지 않은 행동이라 생각했다. 그러자 그는 끙하는 소리와 함께 선물 상자를 도로 자기 차에 실었다.

안주로 낙지탕탕이가 나왔다. 대가리에서 잘려 나왔는데도 낙지들은 참기름과 간장에 버무려진 채로 살기 위해 자기들 몸을 타넘으며 어디론가 가려 했다. 그 모습을 보고서 다들 침을 삼켜댔다. 그릇만 보고도 이미 소주잔을 연달아 비운 사람도 있었다.

"저, 생물 잘 못 먹습니다."

나는 먹지 않으려 했건만, 다른 이들이 눈치를 주었다. 그들 입장에서 나는 외지인이었다. 쏟아지는 날카로운 시선을 보아하니, 굳이 먹는 것으로 반감을 더 키울 필요는 없어 보였다. 큰맘 먹고 접시를 들고는 입에 쏟아 넣었다. 다들 내 모습을 보고는 웃어댔다. 확실히 맛은 있었다. 그것들은 입안에서 오래도록 살아 움직였다. 어렵게 삼키고 나서도 속에서 저들끼리 움직이는 것이 느껴졌다. 문득 공장장이 내게 말했다.

"저희 잘 좀 봐주십쇼. 이렇게 다들 어렵게 살고 있습니다."

그의 이름은 최홍으로, 얼굴부터 벌렁까진 정수리까지 주름 하나 없었다. 건너편 직원들이 말하기를, 왕년에 아마추어 사교댄스 우승자라 했다. 내가 웃으며 고개를 끄덕이자, 최홍은 자리에서 벌떡 일어나 엉덩이를 흔들었다. 종업원들이 박수치며 환호성을 내뱉었지만, 씰룩거리는 엉덩이가 나는 부담스럽기만 했다. 최홍은 내 얼굴이 굳어진 것을 보고는 곧장 자리에 앉아 술잔을 몇 번이고 반복해서 돌리기 시작했다.

미러볼처럼 술잔을 수십 번이나 돌리고 나서야 회식은 끝이 났다. 안주를 거의 먹지 않아 그런지 그날 새벽, 허기에 잠에서 깼다. 냉장고를 뒤져 보았다. 여기 공장에서 만든 해물탕 밀키트가 여럿 보였다. 오래 전 생산 공장에서 받아온 것이었다. 조심스럽게 해물탕 키트를 열어보았다. 받은 지 며칠이 지난 상태라 상했을 것이라 생각했지만, 정반대였다. 웬 문어 한 마리가 꼬물거리고 있었다. 싱싱했다. 라면에 넣어 먹으면 괜찮을 것 같았다. 침이 절로 나왔다. 그때였다.

날 먹지 마세요.

새끼 문어가 나를 향해 말했다. 그저 물이 뽀글거리는 소리일지도 몰랐다. 마치 어린 외국인 아이가 우리나라 말을 따라하는 것 같았다. 기역 발음이 문어 다리처럼 꼬부라졌다. 처음에는 뒤통수를 한 대 맞은 것처럼 얼얼했으나 술이 덜 깨서 그런 것이라 생각했다. 그대로 끓는 물에 넣으려 했을 때, 새끼 문어는 말을 한 마디 더 얹었다.

살려주세요.

머리가 드디어 이상해진 것만 같았다. 나는 가만히 새끼 문어를 바라보았다. 입맛이 실시간으로 달아나고 있었다. 그러다 번뜩 생각이 떠올랐다. 주먹을 불끈 거머쥐고는 작은 플라스틱 찜기에 문어를 넣고 수돗물을 틀어주었다. 문어가 고통에 몸을 비틀었다. 퇴마라도 당하는 것 같았다. 인터넷에 검색해보니 문어는 바다에서만 산다고 했다.

문득 속이 뒤집혔다. 냄비를 들고서 밖으로 나섰다. 새벽녘 바닷가는 한산했다. 모래사장을 가로질러 파도가 닿는 곳에 쪼그려 앉아서는 바닷물을 펐다.

"뭐 하십니까?"

해양경찰이었다. 순찰 중이었는지, 손에는 손전등이 들려 있었다. 나는 그에게 냄비를 들어 보이며 말했다.

"바닷물 뜨러 왔는데요."

"왜요?"

"필요해서요."

경찰은 내 얼굴에 손전등을 비추었다.

"새벽 바다는 위험하니 조심하세요."

그 말과 함께 경찰은 나를 지나쳐 순찰을 이어갔다. 나는 경찰이 나를 보던 말던 모래까지 퍼서 집으로 돌아갔다.

찜기에 담겨 있던 문어는 몸이 축 처진 것이 금방이라도 숨이 넘어갈 것처럼 보였다. 곧바로 집에 방치되어 있던 작은 수조에 모래와 물을 넣곤 조심스럽게 문어를 옮겼다. 문어는 그제야 자기 집에 찾아온 듯 몸을 쭉 펴고 휴식을 취했다. 나는 그를 옥토라 부르기로 했다.

*

옥토는 공장에 문제가 있다는 핵심적인 증거였다. 방사능 유출, 비위생적인 환경 등 '말하는 문어'의 등장은 무엇과도 연관지어 공장을 폐쇄할 수 있었다. 우선 핸드폰으로 옥토가 말하는 영상만 촬영하려 했다. 그러나 이상하게도 옥토는 내가 스마트폰을 들고서 촬영하려 하면 어떤 말도 하지 않았다. 반대로 촬영 장비가 돌아가고 있지 않을 때에는 윗집 신혼부부가 내는 층간소음마저 묻힐 정도로 시끄럽게 말을 쏟아냈다. 어떻게든 감사가 끝날 때까지, 즉 구조 조정을 발표할 때까지 옥토를 키워야만 했다.

야행성 동물인 옥토는 특히 한밤중이 되면 입에 모터라도 달린 것처럼 내게 끊임없이 대화를 시도했다.

"그거 압니까? 미국인들은 날 악마라 부른답니다."

잠들지 못해 몸을 뒤척이고 있었다. 감사가 끝나면 옥토를 어떻게 처리할까 싶었다. 먹을까? 아니면 놓아줄까? 머리가 복잡했다. 머리맡에 수조가 놓여 있어서 그런 걸지도 몰랐다. 머리맡에 물이 흐르면 음기가 강해서 가위에 눌린다고 하니까. 나는 눈을 반쯤 뜬 채로 대답했다.

"우리는 달라. 넌 동양에서 지혜로운 동물이거든. 우리는 널 '글을 좋아하는 물고기'라고 불러."

대답하지 않으면 계속해서 떠들 것만 같았다. 그런데 옥토가 낮은 목소리로 말했다.

"그런데 먹습니까?"

다소 껄끄러운 물음이었다. 나는 입을 다물고 있었다. 어둠이 더욱 짙게 침대로 다가온 것 같았다. 순간 숨이 막히는 듯한 느낌이 들었다. 누군가 목을 조르는 것만 같았다. 불을 켰다. 수조의 수면은 잔잔했다. 그러나 옥토는 나를 응시하고 있었다. 옥토는 내 표정을 보더니 덤덤하게 말을 이었다.

"괜찮습니다. 우리도 원래 인간들을 먹었지요."

"인간을?"

옥토는 과거를 회상하듯이 눈을 감았다.

"보통 죽은 사람들이었습니다. 바다에 버려진 사람들. 불쌍하게도 아가미가 없어 얼굴이 파랗게 질려서 죽어 있었어요. 갈치가 가장 먼저 나타나고, 이어서 복어 같은 물고기들이 오지요. 문어의 차례는 거의 마지막입니다. 우리는 바닥에 떨어진 것들을 게와 함께 나눠 먹었습니다."

문어가 게를 주식으로 하지 않느냐는 말은 하지 못했다. 식은땀이 이마에 흐르고 있었다. 간담이 서늘했다. 그들도 같은 것을 느꼈을까? 우리가 낙지를 산 채로 잘라서 참기름을 뿌려 먹을 때, 나무젓가락에 산 채로 만 다음 양념을 발라서 구울 때, 횟집 수족관에서 그들은 무슨 생각을 할까? 옥토가 말했다.

"원래 대화가 통하기 전에는 전부 먹고 먹히기 마련입니다. 물론 저는 앞으로 인간을 먹을 생각은 없습니다."

"왜?"

옥토는 자신의 말간 머리를 천천히 수면 위로 들어 보이며 말했다.

"당신을 만났으니까요."

그는 나를 응시했다. 노란 눈이었다. 맹수의 것과 비슷해 보였다. 겉옷을 다급하게 챙겨들려 했다. 금방이라도 저 긴 다리들이 내 목을 감쌀 것만 같았다. 밖으로 나가려 겉옷을 챙기는 와중에 옥토가 물었다.

"당신은 날 알고 싶지 않습니까?"

나는 옥토를 향해 뒤돌아보지 않고 말했다.

"가끔은 모르는 게 더 나을 때가 있어."

차를 몰아 일찍 공장으로 출근했다. 살살이 공장의 생산 시설을 점검해보았다. 하나 같이 깨끗했다. 지나치다 싶을 정도로. 하루만 닦지 않아도 생기는 희멀건 물때마저 없었다. 식품 보관 창고부터 포장하는 곳까지. 모조리 확인하려 고개를 들이미는 나 스스로가 도둑이라도 된 기분이었다. 나와야 할 것이 나오지 않은 듯한 심정이었다.

*

"말하는 물고기요?"

최홍의 얼굴이 굳어졌으나 찰나였다.

"네, 혹시 소문으로라도 들어본 적 없나요?"

그러자 최홍이 모자를 벗더니 자기 민머리를 드러내며 자기가 그 말하는 물고기라 했다. 사람들은 배꼽을 붙잡으며 웃어댔다. 최홍 역시 껄껄 웃으면서 내 유머센스를 칭찬했다. 나는 눈치를 보다가 따라서 멋쩍게 웃으면서 술잔을 맞부딪혔다.

술을 아무리 마셔도 두려움은 사라지지 않았다. 결국, 혼자 잠들기가 두려워 회식 후에 최홍을 내 숙소로 데려왔다. 최홍은 위장에 때려 부은 폭탄주에 잔뜩 취해 있었다. 원래 노래방을 가려고 했으나, 나는 집에 값비싼 양주가 있다는 핑계를 대고서 그를 숙소로 데려왔다.

우리는 비틀거리며 집 안으로 들어섰다. 최홍은 현관에서 누구에게 하는지 모를 인사말을 내뱉었다. 구두가 뒤집어져 짝이 섞였지만 그는 알지 못했다. 수조에는 불이 켜져 있었다. 나는 현관에서 자라처럼 목을 늘려 주변을 살폈다. 최홍이 나를 안으로 끌었지만, 나는 오줌을 누는 척 화장실에 몸을 숨기고는 고개를 조금 빼 최홍을 보았다. 최홍은 화장실을 향해 힐끔 눈짓하더니 수조로 다가갔다. 최홍이 수조를 가리키며 물었다.

"물고기 키우십니까? 역시 육지 사람답네요."

"왜요? 여기 사람들은 물고기 안 키우나요?"

최홍이 고개를 끄덕였다. 그가 입맛을 다시면서 말했다.

"먹을 걸 왜 키웁니까? 근데."

그는 갑자기 수조에다 손을 담갔다. 그 바람에 수조에 담겨 있던 물이 사방에 튀었으나, 상관하지 않았다. 나는 차라리 최홍이 옥토를 먹었으면 했다. 그가 게걸스럽게 낙지 탕탕이를 먹는 모습이 떠올랐다. 뭍에서 사는 그라면 산 채로 옥토를 먹으려 할 것만 같았다. 그렇게 벌어진 사고로 내가 그를 코너에 몰 수 있을지도 몰랐다. 만약 그가 옥토를 먹으면, 나는 옥토를 살려내라며 그에게 손해배상을 청구하여 공장 구조 조정 사유를 받아내려 했다.

최홍이 물끄러미 수조를 보며 말했다.

"이게 뭐여?"

화장실에서 달려 나와 미리 준비해놓은 대로 횟집에서 몰래 챙겨온 초장을 주머니에서 꺼내 그의 손에 짰다. 마치 피 같았다. 술에 취한 상태라 조금 빗나가는 바람에 이불이 더럽혀졌지만 상관 없었다. 바닥에 뚝뚝 초장이 흘렀다. 최홍은 무언가 이상하다는 눈초리로 수조와 자기 손을 번갈아 보았다. 나는 침을 꿀꺽 삼켰다.

"죄송합니다. 대리님."

최홍이 눈을 끔뻑거리며 말을 이었다.

"제가 술을 너무 많이 먹었나 보네요. 수조엔 물고기도 안 보이고, 손에는 또 초장이…."

나는 화들짝 놀라 수조를 보았다. 옥토가 보이지 않았다. 최홍은 그 틈에 초장이 묻어 있던 손바닥을 자기 입에 넣고 빨았다. 쪽쪽거리는 소리가 방 안을 채웠다. 갑자기 최홍은 술이 깼는지 시계를 확인하고는 집에 가겠다고 말했다. 택시를 잡아줘야 한다는 생각조차 하지 못했다. 그가 문을 나서면서 말했다.

"본사에는 비밀로 해주십쇼."

그는 한 짝은 자기 구두, 다른 한 짝은 내 것을 신고 있었다. 말릴 틈이 없었다. 나는 바로 집안을 온통 뒤지기 시작했다. 소파 아래도 훑어보고, 화장실 변기도 열어보았지만 옥토를 발견할 수가 없었다. 집을 떠났는가 싶었다. 오히려 잘된 일이라 여겼다. 문을 이중으로 잠그고, 창문 잠금장치도 다시 한번 확인했다.

*

다음날 구수한 냄새에 잠에서 깼다. 된장 베이스의 해물탕이라도 끓이는 것 같았다. 집에 아무도 없는 것을 확인하고는 긴장이 풀린 나머지 깜빡 잠에 든 모양이었다. 갈증이 심하게 몰려왔다. 머리맡에 놓여 있던 수조에 제일 먼저 눈이 갔다. 역시나 그곳에 옥토는 없었다. 다른 집에서 국을 끓이고 있는가 싶었다.

다시 잠에 들려고 하는데, 부엌 쪽에서 움직임이 느껴졌다. 옥토였다. 놀라서 말이 나오지가 않았다. 옥토는 능숙하게 가스레인지에 불을 올리고는 두부를 썰면서 국을 끓이고 있었는데 신기하게도 내 어머니가 해주시던 바로 그 된장찌개 냄새가 나고 있었다.

옥토는 말없이 국을 그릇에 푸고는 내 앞에 올려두었다. 나는 기이한 광경에 입을 다물고는 옥토를 마주 보고 앉았다. 해물탕 밀키트에다 된장을 넣고 끓인 된장국이었다. 숙취에 머리가 지끈거렸다. 국이 시원해 보였으나, 쉽게 손이 가지는 않았다. 참선 수행이라도 하듯 가만히 국을 내려다보고 있는데 옥토가 내게 말했다.

"당신과 춤을 추고 싶습니다."

전날 자기가 어디에 있었고, 왜 이런 국을 끓였는가에 대한 이야기는 꺼내지도 않고 대뜸 옥토는 그리 말했다. 어이가 없었다. 옥토에게 물었다.

"왜?"

옥토가 팔을 꾸물거렸다.

"다른 존재와 소통하는데, 대화보다 좋은 게 스킨십이라고 합니다. 우리는 너무 떨어져 살았어요. 인간과 바다. 둘이 만날 일이 거의 없지요. 그래서 지금 같이 서로 멀어졌다고 생각합니다."

대답하지 않고 가만히 있자, 옥토는 머리를 부풀려 소리냈다.

"그리고 솔직히 같이 사는데, 이야기도 하지 않고 다른 사람을 데려오는 건 아니라고 생각합니다."

내가 옥토를 쏘아보았지만, 그는 눈도 깜빡이지 않고 말을 이었다.

"미안하시다면 저랑 춤 한 번 같이 춰주세요."

내가 미쳤다고 생각했지만, 사방에 문은 잠겨 있었고 내 눈앞에 놓인 국그릇에서는 김이 모락모락 나고 있었다. 알게 모르게 군침이 돌았다. 옥토에게 말했다.

"너 춤 못 추잖아."

"배우겠습니다. 선생님을 불러주세요."

더 이야기를 나눌수록 머릿속이 복잡해질 것만 같았다.
대충 알겠다고 말하고는 숟가락을 조심스럽게 움직였다.
맛을 보자, 감칠맛이 입안에 맴돌았다. 해물이 해물탕을
잘 끓이는 것은 당연하다는 생각이 들었다. 인간이 다른
인간을 죽이는 방법을 가장 잘 알듯이.

*

회사에 옥토에 관한 보고를 할까도 싶었다. 그러나 그
러지 않았다. 과연 누가 믿어줄까 싶었다. 미친 사람이라
며 당장 본사에서 복귀 명령을 내리고는 지방에 있는 복
지 시설에 담당자로 발령을 내릴지도 몰랐다. 일주일 전
선배에게 온 연락이 떠올랐다.

— 부장님. 명퇴 명단에 오르셨어. 우리도 조심하자. 늘
플랜 B를 생각해.

거대한 폭풍은 의외로 본사부터 불어닥치고 있었다. 하
루 아침에 부서 하나가 통째로 사라지기도 했다. 사람들
은 연고지도 아닌 지방에 발령받거나, 그것도 아니면 회
사 지하 창고에서 회장의 자서전을 필사하라는 고문을 받
게 되었다. 나도 점차 불안해지기 시작했다. 내게는 두 가
지 조건이 있었다. 구조 조정과 관련하여 괄목할만한 성
과를 내거나 아니면…

— 말하는 문어 팝니다. 가격 선제시 받습니다.

돈을 벌어야 했다. 나는 중고 거래 사이트에 글을 올렸다. 퇴직금 명목으로 작은 치킨집을 하거나 하다 못해 공무원 시험을 준비하는 동안 필요한 생활비만이라도 받았으면 했다. 메시지함에는 '어그로를 잘 끄네.' '2억 원 제시합니다.' 등과 같이 조롱 섞인 메시지가 대부분이었으나 조금만 더 기다려보기로 했다. 분명 옥토의 가치를 아는 변태들이 있을 테니까.

책상에 앉아 가만히 옥토를 보았다. 옥토는 TV로 사교댄스 유튜브를 시청하고 있었다. 몸을 이리저리 말 그대로 흐느적거리던 옥토가 말했다.

"춤 선생님은 언제 오십니까?"

"구하고 있어."

"빨리 좀 구해주시죠. 기왕이면 사교댄스 선생님으로 말입니다."

왜 하필이면 사교댄스일까 싶었다. 혼자서 출 수 있는 것도 아니고, 번거롭게도 파트너가 필요한 춤인 데다 이왕이면 요즘 유행인 코레오나 힙합을 출 것이지. 옥토의 다리 하나가 내 눈앞에 보였다. 옥토의 다리가 우아하게 180도로 꼬였다. 마치 백작이 백작 부인에게 춤을 권유하듯이. 옥토가 말했다.

"나중에 꼭 같이 춤 춰야 합니다."

대답을 하지 않고 무시하려 했는데, 옥토가 화를 내며

물을 사방에 흩뿌려댔다. 바닷물이라 그런지 핸드폰은 고장 나버렸고, 방 안은 온통 소금기로 가득해졌다. 나는 다급하게 옥토에게 말했다.

"알겠어."

우선 나는 인터넷에 올라온 개인 사교댄스 강사를 찾아 연락을 돌렸다. 모두 문어에게 춤을 가르쳐 달라는 내 말을 듣고는 미친 사람 취급을 해댔다. 머리를 쥐어짜다가 최홍에게 전화를 걸었다. 과거 아마추어 사교댄스 일인자였다고 하니 춤을 가르칠 자격은 충분했다. 연락을 한 모든 사람 중 유일하게 최홍만이 흔쾌히 나온다고 했다. 내가 보수는 따로 없다고 말하자, 최홍이 실망이라는 듯이 감탄사를 토해내며 말했다.

"에이, 저희 사이에, 무슨. 그래서 어디로 가면 됩니까?"

*

물에서 춤을 추기란 여간 어려운 일이 아니다. 수영할 때를 생각해보자. 물은 그 자체로도 무게가 상당하지 않는가? 그러니 수영하고 난 후 컵라면이 그렇게 맛있는 것이고. 물에서 태어난 옥토도 최홍과 연습을 마치자마자 감사하다는, 지극히 문어답지 않은 인사와 함께 수조 바닥에 축 늘어지더니 한동안 움직이지 않았다.

첫날 수업이 끝난 직후 최홍은 수건으로 땀을 닦고는

숨을 크게 몰아쉬었다. 나도 모르게 박자를 타며 어깨를 움찔거리고 있었다. 옥토와 그의 춤은 바닥에 앉아 물끄러미 앉아 있던 나까지도 절로 몸을 들썩이게 할 정도였다. 최홍의 얼굴은 어느 때보다도 밝았다. 최홍에게 물었다.

"강습은 언제쯤 끝날까요?"

수건으로 이마에 난 땀을 훔치던 최홍이 말했다.

"원래 한 달 단기 속성인데, 이 정도 속도면 이 주면 끝나겠어요."

바닥에는 땀이 수족관에서 흘러나온 것 같이 흥건했다. 최홍이 수족관을 가리키며 물었다.

"그런데 더블 사이드 스텝을 하려면 손을 잡아야 하는데, 어떻게 어딜 잡아야 할까요?"

더블 사이드 스텝이란 두 사람이 왼손과 오른손을 잡고 스텝을 밟는 동작이었다. 최홍은 옥토의 오른쪽에서 세 번째, 가장 긴 다리를 손가락으로 가리키며 말했다.

"저기를 잡을까요?"

"거긴 좀 그러실 거예요."

"왜요?"

"생식기거든요. 그 편이 편하시다면야."

최홍은 입을 가리고서 웃다가 대뜸 내게 얼굴을 들이밀고는 무언가를 속삭였다. 말투는 조심스러웠으나 내용은 명확했다. 감사 내용을 자신들에게 유리한 쪽으로 조작해달라는 뜻이었다. 갑작스러운 부탁에 말을 얼버무리자, 최홍은 수조를 가리키며 말했다.

"쟤도, 저도, 대리님도 살아야 하지 않겠습니까?"

결국 최홍은 옥토가 먼저 건네는 손을 잡기로 합의하고 집을 떠났다. 옥토는 수족관 바닥과 거의 비슷한 색으로 변해 있어 찾기가 어려웠다. 강습이 끝난 후 늦은 저녁이 되어서야 옥토는 몸을 꿈틀거렸다. 나는 해물탕 밀키트를 하나 뜯고는 거기서 게를 한 마리 집어 수족관에 넣었다. 나머지는 해물탕을 끓이기 시작했다. 최홍이 가져온 횟감들도 탕에 넣어버렸다. 옥토는 살아 있는 것을 먹지 않았다.

얼마 전 생산 공장에 납품하던 거래처에서 내게 조개 세트를 보낸 적이 있었다. 나는 조개를 먹지 않고 그대로 수조에 넣었다. 옥토가 좋아할 것이라 생각했지만 그 반대였다.

"이건 좀."

옥토는 뒷걸음질치며 조개에게서 물러났다. 심지어는 헛구역질하는 것 같기도 했다. 옥토는 내게 살아 있는 것을 어떻게 먹느냐며 자신은 그렇게 나쁘지 않다고 했다. 먹는 것에 있어 나쁜 것과 좋은 것이 있는 건가 싶었다. 그러나 옥토가 말했다.

"그저 먹는 것에 그치기만 하면 짐승입니다. 거기서 나아가야 짐승에서 벗어날 수 있습니다."

옥토의 그 말을 들은 이후, 나도 날 것으로 음식을 먹지 못하게 되었다. 분위기나 상황에 따라 눈치를 보며 억지로라도 먹을 수 있었던 회와 같은 음식들을 이제는 입에 대기조차 힘들었다. 속에서부터 옥토의 다리가 뻗쳐 오는 것 같았다. 예전에 먹은 낙지가 아직 죽지 않고 살아남아 있는 것일지도 몰랐다. 옥토의 긴 다리가 능숙하게 죽은 게를 감싸더니 빠르게 살을 빨아먹기 시작했다. 나는 동시에 중고 거래 앱을 켰다. 메시지가 한가득이었다. 조금만 더 버텨내려 했다.

*

나는 결국 옥토를 팔지 못했다. 집에 개인 대형 수족관을 운영하고 있다는 한 중견기업 대표와 채팅으로 막바지 거래 약속을 잡으려 할 때였다. 전화번호를 입력하려는 순간 갑자기 대화창이 사라지더니 팝업창이 떴다. 게시물이 삭제됨과 동시에 신고 누적으로 탈퇴 처리가 되었다고 했다. 게시물 삭제 사유는 '식품 거래 불가'였다. 대표의 연락처를 알아내려 사이트 전부를 뒤졌으나 어이없게도 그의 아이디와 관련된 정보는 사기꾼 신고방에서 찾을 수 있었다.

옥토를 강릉에 있는 해양생물연구소에 가지고 갈까도 싶었지만, 본사에서 하도 구조 조정을 보채는 바람에 관두었다. 옥토의 몸집이 커짐에 따라 본래 플라스틱 수조에 꽉 끼게 되었다. 더군다나 춤을 연습하기 시작하면서 바닷물이 사방으로 더욱 튀어 문제였다. 이제 옥토는 1920년대 재즈 댄스 가수처럼 자유자재로 몸을 날렸다. 그렇다고 붙잡아 둘 수도 없었다. 내 손을 이리저리 빠져나갔기 때문이었다. 옥토를 어떻게 처리할지 고민하던 순간 최홍에게 문자가 왔다.

— 잘 부탁드립니다. 대리님.

영상이 이어서 왔다. 옥토와 함께 수족관 앞에서 흐느적거리고 있는 내 모습이었다. 정신이 번쩍 들었다. 저기 깊은 심해로 빨려 들어가는 것 같았다. 최홍이 내 목에 칼을 겨누고 있었다. 본사에 그 영상이 퍼진다면 모든 게 물거품이 될 것이 뻔했다.

"오늘은 춤 안 춥니까?"

나는 옥토를 노려보았다. 옥토만 없었더라면. 시간 낭비를 하지는 않았을 것이고, 최홍에게 약점을 잡히지도 않았을 것이었다. 고심 끝에 나는 옥토를 바다에 놓아주기로 했다. 그것이 서로에게 좋았다. 옥토가 든 수족관을 통째로 들려 했으나 무게가 너무 무거웠다. 바닷물을 퍼서 화장실에 여러 번 나눠서 버리고 나서야 수조를 간신히 들 수 있었다. 옥토가 물었다.

"어디 갑니까?"

"바다."

"가기 싫습니다."

옥토에게 눈길도 주지 않으려 했다. 그 노란 눈과 마주치면 마음이 흔들릴 것만 같았다. 바다에 시선을 둔 채로 말했다.

"저기가 더 넓고, 네 친구들도 많아. 나랑 함께 살면 서로가 불행해질 거야."

"그걸 어떻게 압니까? 그럼 절 만나기 전에는 행복했습니까?"

대답하지 않았고, 옥토도 내 대답을 보채지 않았다. 내 발걸음에 맞춰 수조에 든 물이 찰랑거렸다. 바닥에 물이 떨어지며 흔적을 남겼다. 사람들은 나를 관찰하듯 물끄러미 쳐다보았다. 나는 반려동물이라도 유기하는 것 같은 느낌에 고개를 푹 숙이고서 빠르게 발걸음을 옮겼다.

해변에 사람은 없었다. 해수욕을 하기에는 이른 날씨인데다, 사방이 식료품 공장인 비교적 외진 장소라 그런 것 같았다. 바다 표면에는 흰 거품이 떠 있었고, 비린 냄새가 한여름철 수산시장보다도 심하게 풍겼으며, 관광객들이 버린 쓰레기들이 해수욕장을 뒤덮고 있었다. 수조를 물 위에 내려놓자 옥토가 말했다.

"전 안 갈 겁니다."

"넌 가야 해."

"왜요? 우리 같이 춤을 추기로 약속한 거 아니었습니까?"

"사교댄스는 같이 추는 거야. 대화처럼 말이야."

옥토는 고개를 들어 나를 빤히 바라보며 말했다.

"그럼 지금껏 당신은 그 누구와도 대화를 나눈 적이 없군요."

나는 대답 없이 옥토가 담긴 수조를 바다에 던지듯이 밀어넣었다. 검은 형체가 꾸물거리듯이 바닷속으로 빨려 들어갔으나, 한동안 가만히 몸을 크게 하고서 그 자리에 머무르고 있었다. 마치 날 노려보는 것 같았다. 이제 모두 끝이라 여겼다.

"저기요! 거기 쓰레기 버리시면 안 돼요!"

해양경찰이었다. 나는 전속력으로 반대쪽으로 내달리기 시작했다. 경찰은 나를 따라왔다. 쫓고 쫓기는 추격전이 시작됐다. 조금만 시간을 벌면 될 것이라 여겼다. 물에 뛰어들까도 싶었지만, 그러면 옥토가 나를 쫓아와 잡아버릴 것만 같았다. 멀리 피하려 했다. 최홍에게 배운 대로 스텝을 밟듯이 모래사장 위를 뛰어다닌 결과 경찰을 따돌릴 수 있었다.

*

옥토에 대한 모든 것을 지우려 했다. 그가 먹어치운 조개와 게 껍데기를 75리터짜리 쓰레기봉투에 담아 내놓았고, 사교댄스 유튜브 시청 목록을 삭제했다. 댄스 교습을 위해 집으로 찾아온 최홍에게는 옥토를 바다에 방생했다고 하니, 다소 음울한 표정으로 말했다.

"아쉽군요. 당신과 언젠가 꼭 춤을 추겠다고 제게 말했는데요."

애써 웃으며 최홍을 돌려 보내고는 이삿짐을 쌌다. 하루빨리 이곳을 벗어나고 싶었다. 최종 감사 보고서에는 옥토에 관한 내용 대신, 잦은 회식과 나를 회유하려던 최홍의 행동에 관해 쓰기로 했다. 머리를 쥐어짜내며 보고서를 쓰고 있는 와중에 사수에게 연락이 왔다. 본사에 대게 한 박스와 함께 편지가 한 통 배달되었다고 한다.

"너, 문어랑 춤추냐?"

곧이어 사수가 편지 사진을 보냈다. 편지는 물에 젖어 있는 데다, 빨판 모양으로 끝부분에 구멍이 뚫려 있었다. 편지에 적혀 있는 글씨체는 문어 다리처럼 흐느적거렸다. 편지 내용은 대충 내가 문어에게 말을 걸고, 공장장으로 하여금 문어에게 춤을 가르치게 했다는 이야기였다. 허무맹랑했으나 다른 사람이 해고되지 않으면 본인이 해고되는 상황에서 사람들은 소문을 사실처럼 믿기 시작했다. 사수는 윗선에서 이미 냄새를 맡았다며 몸조심하라고 했다.

사수에게 억울함을 토로하고 싶었다. 옥토에 관한 이야기는 사실이며, 그를 토대로 공장에 문제가 있는 것이 확실하다고. 그리고 결정적으로 그 편지의 발신자가 옥토라는 것을 말할 수 없었다. 명확한 증거가 없었으니까.

설득, 아니 생존을 위해서는 다시 옥토가 필요했다. 불과 하루 만에 나는 바다를 돌아다니며 옥토를 찾아다니기 시작했다. 옥토만 있다면 편지 내용이 사실임을 밝혀낼 수 있을 것이고, 회사에서 잘릴 일도 없을 것이었다. 계속된 사수의 전화를 무시하고서 밖으로 나갔다.

"옥토!"

바다에 뛰어들자, 파도가 사정없이 나를 향해 밀려들었다. 바닷물은 문어 다리처럼 내 온몸을 감싸면서 아래로 끌고 내려갔다. 살려달라며 팔을 휘젓고 있는데, 깊은 물속에서 거대한 무언가가 보였다. 그것은 나를 향해 다가오고 있었다. 그것으로부터 필사적으로 도망치려 했으나, 다리가 굳으면서 내 의지대로 움직이지 않았다. 옥토의 목소리가 들려왔다.

원, 투, 차차.

나도 모르게 내 팔과 다리를 흐느적거리며 박자를 타는

사이, 어깨가 들리는 듯한 느낌이 들면서 동시에 현란한 발차기가 눈에 밟혔다. 물을 가르는 우아한 다리를 보다가 나는 정신을 잃었다.

*

눈을 떴을 때는 병원이었다. 익숙한 얼굴이 눈에 밟혔다.

"괜찮으십니까?"

최홍이었다. 그는 젖은 눈썹을 씰룩거리며 나를 향해 미소 짓고 있었다. 의사는 그가 나를 물에서 건졌다고 했다. 검사 결과 건강에 이상은 없었으나 빨판 자국만이 다리에 짙게 남아 있었다. 나는 병원을 퇴원한 후 곧바로 경찰서로 연행되었다. 경찰들은 내게 과거 새벽에 해변을 배회한 것을 말하더니 정신 병력에 대해 물었다. 나는 필사적으로 손을 휘저으며 말했다. 아프지 않다고, 이곳에는 공장 구조 조정 때문에 온 것이라고, 그런데 갑자기 말하는 문어를 만났을 뿐이라고.

"말하는 문어요?"

경찰관의 표정이 구겨졌다. 말을 하고도 아차 싶어 어버버거리고 있는 사이, 최홍이 까진 머리를 들이밀면서 이야기에 끼어들었다.

"제 말씀을 하시고 참."

그러더니 최홍은 사람 좋게 경찰관들에게 담배를 피우

러 가자고 말하더니 바깥에서 무언가를 이야기했다. 어깨동무를 하는 것 보니 서로 아는 사이인 것 같았다. 최홍은 파출소로 돌아와서는 내게 씩 웃으며 속삭였다.

"잘 해결됐습니다."

갑자기 그의 얼굴이 순식간에 구겨졌다.

"그런데 많이 일을 벌리셨더라고요. 이웃들이 밤마다 혼자서 대화를 한다고 그러고, 해양 쓰레기 투기 시도에, 바다에 뛰어들기까지하시고."

나는 창밖으로 바다만을 바라보고 있었다. 해가 수면 위에 일렁거리고 있었다. 최홍은 그런 내가 걱정됐는지 한숨을 크게 내쉬면서 말했다.

"너무 걱정하지 마세요. 훈방 조치로 끝내기로 했습니다. 아시는 분들이거든요."

"옥토가 돌아오지는 않겠죠?"

최홍은 갑자기 나를 가만히 보다가 와락 안았다. 얼떨떨했다. 그가 왜 나를 안는지 알 수 없었다. 얼마 남지 않은 그의 옆머리가 내 얼굴을 부드럽게 쓸었다. 최홍이 말했다.

"다시 돌아올 겁니다. 문어는 머리가 똑똑하거든요."

최홍의 말과 함께 바다에서 뭔가 움직이는 것이 보였다. 저기 멀리서부터 옥토가 다가오는 것 같았다. 검은 바다 아래에서는 무슨 일이 벌어지고 있는 걸까? 크라켄이 떠올랐다. 중세 시대에 바다를 항해하는 선원들은 거대한 문어를 가장 무서워했다고 한다. 그들은 8개의 다리로 돛을 부수고, 갑판을 내리찍고, 끝내 배를 심해로 끌어내렸다고 했다. 옥토는 이제 나를 끌어내리려 하고 있었다. 최홍이 말했다.

"오늘은 집에 가서 푹 쉬세요. 내일 또 중요한 일이 있지 않습니까?"

"어떤 거요?"

최홍은 알면서 모르는 척 한다면서 내 어깨를 툭 쳤다. 어깨가 아파왔다.

"최종 보고 말입니다. 받으신 게 많지 않습니까?"

그는 바다와 파출소, 둘을 번갈아 보면서 말했다. 나는 한동안 서서 바다만을 바라보았다. 더는 어디에도 휘둘려서는 안 됐다. 그들이 날 몰라서, 특히나 옥토가 인간으로서 내가 어떤 존재인지 몰라서 그러는 것이라 생각했다.

*

이제는 물러날 곳이 없었다. 수산시장에 가서 문어를 열세 마리나 샀다. 모두가 큰 제사를 지내냐고 물었지만, 나는 대답하지 않았다. 집으로 돌아온 나는 발코니에서 바다를 마주하고 섰다. 그 앞에서 보란듯이 문어들을 해체하고는 내장을 뽑아냈다. 검은 먹물이 사방에 뿜어져

나왔다. 흑백 필름으로 촬영했다면 피처럼 보였을 것이다. 문자가 왔다. 사수였다.

— 너, 사직 권고 명단에 포함됐어. 그러게 왜 미친 짓을 하고 그래? 내가 조심하라고 했지?

핸드폰을 바다를 향해 힘껏 던졌다. 그러나 멀리 날아가지 못하고 해변에 떨어졌다. 나는 문어 내장을 발코니에 널어놓고는 외쳤다.

"옥토!"

이판사판이었다. 청렴결백한 사람이자, 미치지 않은 사람, 내 본분을 다하는 사람이 되기 위해서는 옥토를 건져 내 공장의 비밀을 밝혀내야 했다. 사력 다해 수평선을 향해 내장을 하나하나 던졌다. 시체를 성체에 투석기로 던져 넣었다던 칭기스 칸처럼. 그때였다. 어둠 속에서 거대한 다리가 하나 솟구쳐 내 손을 잡았다. 눈을 뒤집힐 것만 같았다. 팔에 힘이 들어갔다. 나는 거대한 문어 다리와 한참 동안 씨름했다. 팔이 끊어질 것만 같았다.

다리들이 하늘로 솟구쳤다. 제대로 된 락킹이었다. 수 개의 다리가 나를 향해 달려들었다. 사방이 떨리기 시작했다. 건물이 한쪽으로 기울기 시작했다. 수족관이 바닥에 넘어지며 물이 사방에 쏟아졌다. 쏟아진 물은 흰 양말을 타고서 중력을 거슬러 올라 발가락부터 머리끝까지 내 온몸을 적셨다. 바다에서 솟구쳐 오른 거대한 물길을 통해 옥토의 다리들이 내게 다가왔다. 황홀한 곡선이었다. 다리는 햇빛처럼 나를 감쌌다.

옥토의 기다란 팔이 내 목을 휘감았다. 빨판들이 강하게 내 얼굴에 자국을 남겼다. 키스 같았다. 나는 한껏 옥토를 껴안고는 눈을 바라보았다. 인간보다도 정교하게 기능하는 눈이었다. 그 속으로 깊이 빨려 들어가는 듯한 느낌을 받았다. 수도관이 뜯어지며 물이 뿜어져 나왔다. 거실에 물이 빠르게 차올랐다. 온갖 것들이 둥둥 떠다니기 시작했다. 숨이 쉬어지지 않았다. 고개를 수면 위로 빼고는 허우적거렸다. 무언가 내 몸을 잡고서 아래로 끌어당겼다. 손에 이어서 발을 서로 마주 잡았다.

우리는 춤을 추었다.

원, 투, 차차. 쓰리, 포. 차차.

원, 투, 차차. 쓰리, 포. 차차.

우리는 그대로 아래로 빨려 들어갔다.

턴 스핏 도그

1   어둠 속 대화

핍이 눈을 떴을 때는 어둠 속이었다. 정신을 잃은 순간부터 시간이 얼마나 지났는지 알 수 없었다. 광자가 시간을 매개하는 입자라는 믿음이 생길 정도였다. 핍의 종아리는 뻐근했고, 입은 바싹 말라 버짐이 펴 있었다. 핍의 이마에서는 피가 흐르고 있었는데, 우주선이 행성에 충돌할 당시에 생긴 상처였다.

핍은 어둠 속을 더듬거리기 시작했다. 노출 콘크리트 벽과 함께 매끈한 대리석 바닥이 만져졌다. 아무래도 건축주가 안도 타다오의 광팬인 것 같았다. 기지개를 펴듯이 하늘을 향해 손을 뻗어보았으나, 손끝에 걸리는 것은 없었다. 컨테이너 같은 단순한 구조물에 갇혀 있는 듯했다.

핍은 주변을 두리번거렸다. 아무것도 보이지 않았기에 방향조차 가늠하기가 어려웠다. 그는 자리에서 일어나려다 말았다. 자칫 잘못 움직였다간 구조대와 동선이 엇갈릴 수도 있었다. 아동 실종은 대부분 아이가 자리를 움직이는 바람에 발생한다고 했다. 백화점이나 놀이동산 같은 사실상 2차원 평면에 가까운 지구 위에서도 그랬는데, 3차원 우주 공간을 날아다니는 오늘날에 이는 더욱 강력하게 작용했다. 우주에서는 방향에 대한 기준이 명확하지 않은데다, 마주 오는 소행성처럼 서로가 한 번 엇갈리면 다시 만나기엔 거의 불가능에 가까웠으니 말이다.

핍은 자리에 쭈그려 앉아서 얼굴을 무릎 사이에 파묻었다. 어둠을 피하기 위해서였다. 어둠을 마주하고 있으면 늘 상상할 수 있는 가장 끔찍한 것들이 떠올랐다. 초등학생 때는 TV에서 스치듯 봤던 미친 살인 광대가, 고등학생 때는 파티용 약에 취한 상태에서 마주한 전기톱 살인마가…. 오늘날 핍이 어둠 속에서 마주한 것은 우주선 수리 청구서를 든 수잔이었다. 떠올리기만 해도 소름이 돋았다. 핍은 속으로 숫자를 셌다.

'하나, 둘, 셋….'

차라리 잠에 들기를 바랐다. 양을 떠올리려 하다가 말았다. 양들이 허들을 뛰어넘다가 넘어지면서 살점을 토해

냈기 때문이다. 어둠은 계속해서 상황을 극단적으로 몰아갔다. 핍은 숫자를 세던 것도 멈추고는 이번에는 밝은 미래를 상상하려 애썼다.

모든 것이 꿈이었으면 했다. 눈을 뜨면 쌍성 궤도 위를 돌고 있는 우주 정거장이었으면 했다. 그곳에는 밤이 없었다. 늘 눈이 시린 빛들이 사각지대 없이 정거장을 비춰 모든 창문에 차양막이 달려 있었다. 식물들, 특히 핍이 좋아하는 상추가 한 시간에 한 뼘씩 자라났다. 그곳에서 핍은 매 끼니 갓 수확한 상추에다 쌈을 싸서 먹을 수 있을 것이었다.

그러나 상상이 밝아질수록 현실은 더욱 비참하게 변했다. 핍이 입맛을 다시며 슬며시 눈을 떠보았지만 여전히 어둠 속이었다.

*

얼마나 시간이 지났을까?

핍은 한기를 느꼈다. 구조대에 발견되기 전에 저체온증으로 먼저 얼어 죽을 것 같았다. 그때 아주 작은 불빛 하나가 보였다. 손만 뻗으면 닿을 높이에 그것은 떠 있었다. 출구로 인도하는 길잡이 혹은 심해에 서식하는 초롱 아귀의 촉수로 보이기도 했다. 만약 후자라면 거대한 우주 생물의 아가리로 스스로 걸어가는 셈이었다. 핍은 불빛을 멍하니 보았다.

보험사에 쫓기기 보다 차라리 우주 거대 생물에 잡아먹히는 쪽이 더 나은 선택일 수도 있었다. 아무리 우주 쓰레기로 만든 재활용 우주선이라 해도, 렌트카 보험사가 중간에 끼면 상황이 복잡해지기 마련이었다. 연료를 모두 채워놓고 세차까지 해서 돌려주어도 그들은 손톱보다 작은 스크래치 사진을 손님에게 들이밀며 정가보다 수십 배에 달하는 판공비를 입금하라고 했다.

핍

목소리가 들려왔다. 핍은 본능적으로 목소리가 들려온 곳으로 고개를 돌렸다. 인간의 목소리였다. 그러나 목소리의 성별은커녕 높낮이나 박자도 명확하게 파악할 수가 없었다. 아카펠라라도 하는 것인지 목소리들은 화음을 이루고 있었다. 누군가 핍의 귀에 속삭였다.

빛을 따라가.

2 닌자 거북이

어느 때와 다름 없는 하루였다. 수잔이 우주선 운전대를 잡고 있었고, 핍은 조수석에서 열심히 운전에 훈수를 두고 있었다. 조종간을 수평으로 유지해라, 좌나 우로 꺾을 때는 속도를 줄이면서 머리가 앞으로 나가고 나서 몸이 돈다는 느낌으로 해라, 등 가타부타 말이 많았다. 심지어 직경 0.3센티미터 우주 먼지 덩어리를 보고는 핍은 곧 죽은 아버지를 만나게 될 것이라며 호들갑을 떨었다. 수잔이 말했다.

"과거 지구에 네가 있었더라면 인간이 지금 이렇게 살지는 않을 텐데."

핍이 씩 웃으며 물었다.

"왜? 내가 너무 똑똑해서?"

수잔이 고개를 저었다.

"네 입에 무한동력 모터가 달려 있는 것 같거든. 네 입만 있었어도 인간들은 더 빨리 우주로 나왔을 거야. 그럼 완전 자동 항법 장치가 진작에 개발돼서 내가 여기서 운전대를 잡고 있진 않겠지."

수잔의 말에 핍은 입을 툭 내밀었다. 핍은 물러서지 않았다.

"그럼, 운전 좀 잘하지. 네가 조금만 살살 브레이크를 밟았어도 저것들이 망가지지는 않았을 텐데."

　수잔은 백미러로 뒷자리를 힐끔 보았다. 쪼그라든 플로피 디스켓 조각들이 바닥에 널브러진 쓰레기 더미 사이에 흩어져 있었다. 핍이 행성 OX9221 하수구에서 떨이로 가져온 것들이었다. 디스켓들은 플라스틱 케이스에 담겨 있었는데, 이것들을 핍에게 판매한 '아이디 무당우근 님'은 적어도 천 년 동안 이상 밀봉된 것이라며 각별히 조심하라 말했다.

　핍은 플라스틱 케이스를 뒷좌석에 안전벨트까지 채워서 보관했다. 그러고는 복권이라도 구매한 사람처럼 디스켓에 들어 있는 귀한 정보들을 복원해서 팔아 부자가 되면 무얼 할지 노래하기 시작했다. 심지어 핍은 수잔에게 우주선을 하나 사준다고도 약속까지 했다.

　그런데 수잔이 갑자기 눈 앞에 끼어든 우주선에 급브레이크를 밟아버리고 말았다. 그 순간만큼은 핍은 작용, 반작용 법칙을 발견한 뉴턴이 미웠다. '발명'이 아니라 '발견'을 한 것이었는데도. 플라스틱 케이스는 그대로 총알처럼 앞쪽으로 날아가 핍의 머리를 강타했다. 핍은 순간 정신을 잃었다. 안타깝게도 충돌한 둘 중 더 중요한 것에 금이 갔다. 정신을 차린 핍은 케이스에 난 2센티미터짜리 금을 보고는 충격에 다시 정신을 잃었다. 그 틈으로 공기가 유입되었고, 순식간에 플로피 디스켓들은 트럭과 부딪힌 경차처럼 쪼그라들고 말았다.

핍은 머리에 난 혹을 가리키며 외쳤다.

"네가 브레이크를 확 밟는 바람에 전부 부서졌잖아. 이 것들이 얼마짜리인 줄 알아? 골동품으로 옥션에 올리기만 해도…."

수잔이 불만 가득한 표정으로 물었다.

"거기 뭐가 들어 있는 줄 알고?"

"모르지. 킹스몰리의 'Unforgettable'이 들어 있을 수도 있잖아?"

디지털로 발매되지 않은 음반들은 언젠가 그 수명을 다 했다. 킹스몰리의 음반도 마찬가지였다. 그들은 영원히 남는 예술 작품은 없다고 주장하며, 작품을 인간보다 조금 더 오래 사는 생명체처럼 취급해야 한다고 말했다. 그래서 그들은 굳이 카세트 테이프와 레코드판 같이 아날로그적인 수단으로만 음악을 발표했고, 오랜 시간이 지나자 그들의 음악은 쿠쿠다스처럼 부서진 레코드판과 씹다 만 껌처럼 늘어진 테이프와 함께 완전히 사라져버렸다.

그러나 소문이 돌고 있었다. 불법으로 복사한 그들의 디지털 음원이 이 우주 어딘가에 있는 100메가바이트짜리 플로피디스켓에 담겨 있다는 것이었다. 아이러니했다. 불법이 그들의 문화를 보존하다니. 전혀 허무맹랑한 소리는 아니었다. 실제로 얼마 전 화성에서 발견된 아이리버

MP3는 경매에서 행성 세 개 가격으로 팔렸다. MP3에는 소리바다를 통해 다운받은 음악 파일들이 담겨 있었다고 했다. 정식 음원 사이트에서는 '저장 공간 부족'으로 아주 오래 전에 사라진 것들로, 일부 음원 수집가들 사이에서는 한동안 엄청난 화젯거리였다. 수잔이 말했다.

"뭐가 있는지 확인해보지 않는 이상, 그 안에는 아무것도 없는 것과 같아."

존재론에 대해 말하는 것 같았는데, 모든 것을 부숴버린 수잔이 할 말은 아니었다. 핍이 비아냥거렸다.

"인생 역전할 기회였어. 그렇게 중요한 걸 네가 한 방에 날려보냈고. 정말 대단해."

핍은 호들갑을 떨어댔다. 수잔의 팔에 힘이 잔뜩 들어갔다. 이미 사과를 몇 번이나 한 상황이었다. 그러나 핍은 분위기를 파악하지 못하고 말을 계속해서 이어갔다.

"그렇게 몇 번이나 운전 조심하라고 말했는데, 진짜 이걸 하나 못해서."

핍의 눈앞이 번쩍거렸다. 순간 눈앞에서 초신성 폭발이 일어난 것만 같았다. 핍이 정신을 차렸을 때는 수잔이 핍의 멱살을 붙잡고 있었다. 핍은 브레이크를 밟으라고 외쳤으나, 수잔은 멈추지 않았다.

"사과해!"

핍은 겁에 질린 표정을 짓고 있었다. 핍이 수잔의 어깨

너머를 가리키며 외쳤다.

"수잔! 앞!"

거대한 행성 하나가 빠른 속도로 둘을 향해 다가오고
있었다.

*

언제부터 인간은 어둠을 싫어하게 되었을까?

피식자의 본능이 남아 있기 때문일지도 모른다. 아주
먼 옛날, 인간을 노리던 포식자들은 대부분 어둠 속에서
나타났으니까. 공포는 인간을 움직이게 했다. 그들은 살
아남기 위해 자신들에게도 위협적인 불을 사용하기 시작
했다.

빛과 함께 인간은 차츰차츰 포식자의 자리에 올라서기
시작했다. 그러나 핍이 태어났을 때는 인간이 절대적 포
식자의 자리에 올라선 기간이 피식자였던 기간보다 멀찍
이 앞서고 있던 때였다. 모든 유기물들은 칼과 총, 레이저
와 화염 방사기 그리고 손소독제에 무참히 정복당했다.

우주 시대에 들어서 인간은 새로운 포식자를 발견했다.
생명체는 아니었다. 바로 어둠, 그 자체인 블랙홀이었다.
핍은 이 게걸스럽게 모든 것을 빨아들이는 우주적 청소기
에 빨려 들어갈 뻔한 적이 있다. 사춘기 시절 반항아였던
핍은 백조자리 GX110으로 떠나기로 했다. 이유는 '인류

의 기원을 찾기 위해서'였다. 여기서 '왜?'라는 질문은 통하지 않는다. 리처드 파인만이 말했듯이, 그것은 왜 물체가 서로를 끌어당기냐 묻는 것과 같은 아주 바보 같은 질문이었다.

사춘기 핍의 반항 역시 마찬가지였다. 사춘기 반항을 논리적으로 설명할 수 있게 된다면, 더는 그것은 사춘기 반항이 아니었다. 청소년 핍은 담배를 물고서 우주선에 시동을 걸었다. 기아에서 만든 1인승 우주선이었다. 특유의 통풍 시트 덕에 엉덩이에 차가운 바람이 스쳤다. 핍의 우주선은 빠르게 우주를 내달렸다. 얼마나 갔을까? 우주 경찰이 핍의 뒤를 쫓기 시작했다. 그들은 핍이 과속을 했다며 당장 멈추라 지시했지만, 핍은 비행 청소년 답게 멈추지 않았다. 소행성 사이를 왔다 갔다 하며 경찰들을 따돌렸다. 그러다 우주 쓰레기 하나가 핍의 우주선 엔진에 빨려 들어갔고, 우주선은 그대로 소행성에 부딪혔다.

핍이 정신을 차렸을 때는 블랙홀의 중력에 사로잡힌 후였다. 은하와 은하 사이의 빈 공간인 보이드(void)를 질주한 터라, 겉면을 따라 생긴 아주 얇은 빛의 띠가 아니었더라면 핍은 자신이 마주한 것이 블랙홀인지도 모르는 상태 그대로 그 속으로 빨려 들어갔을 것이다. 기이한 느낌에 고개를 들었다. 핍은 그제야 아가리를 벌리고서 모든 것을 삼키려 하는 그 완전한 어둠을 마주했다. 거대한 크기도 크기였지만, 그는 인간이 부르는 '검은색'이라는 색의 원형을 본 듯 압도적인 공포감을 느꼈다. 무기력함. 아무리 발버둥 쳐도 언젠가는 우주 전체가 저 한점에 모여 형체도 알아보기 힘들 정도로 찌그러질 것만 같았다. 공포감을 견디지 못하고 핍은 끝내 정신을 잃었다. 눈을 떴을 때는 경찰서였다. 다행히 경찰들이 그 모습을 처음부터 끝까지 지켜보고 있었다. 그들은 핍이 정신을 잃을 때까지 일부러 내버려둔 것으로, 일종의 벌이었다.

"네가 무슨 배트맨이야?"

수잔은 블랙홀을 보고서 숨을 헐떡이고 있던 핍을 보며 그리 말했었다. 물론 핍이 배트맨이 될 수는 없었다. 핍의 우주선에는 구아노를 기관총처럼 난사하며 날아오르는 박쥐와 정장을 차려입은 모건 프리먼이 없었으니까. 사실 가장 중요한 건 돈이었다. 핍은 돈이 없어 1970년대 나사 로고가 박힌 재활용 우주선을 몰며 불법 음악 파일 복사본을 찾기 위해 하수구까지 돌아다니는 인생이었다. 박쥐보다는 쥐가, 영국식 억양의 모건 프리먼보다는 약에 찌든 상태로 하수구를 배회한다는 라스베이거스 노숙자들이 핍에게는 익숙했다.

"하수구."

미친 사람처럼 하수구라 중얼거리던 핍이 갑자기 고개를 들어 수잔에게 말했다.

"아니, 난 닌자 거북이가 될 거야."

3   코와붕가

어둠 속에서 핍은 후회했다.

차라리 그때 플래시가 된다고 할 걸.

플래시가 된다면 평생 어둠과 마주하지는 않을 것이다.
빛 그 자체인 그에게 어둠은 고민거리조차도 아니겠지.
파르르 흔들리며 핍을 유혹하고 있는 저기 저 불빛까지도
순식간에 달려갔을 것이다.

미쳐가는 걸까?

까치발을 들면 가까스로 잡을 수 있을 것 같은 애매한
높이와 위치에 떠 있는 저 말간 불빛이 핍의 머리 속을 휘
젓는 것 같았다. 강아지가 레이저 포인트에 달려들 듯 핍
은 불빛을 잡고 싶은 충동을 느꼈다. 그때 다시 목소리가
들렸다. 하나가 아니었다.

"거기 있어요? 다들?"

"아마도요."

"'아마도.'는 뭐람?"

"다들 자기가 어디 있는지 어떻게 확신해요? 앞이 보이
지도 않는데."

대화는 거기서 끊겼다. 핍이 어둠 속에서 만난 이는 총 셋이었다. 그들은 핍이 있는 장소를 '감옥'이라 부르면서, 오직 '빛'을 따라가는 것에만 초점을 맞추었다. 하나는 중 저음의 남자 목소리였고, 또 다른 하나는 높은 음정의 젊은 여자 목소리였다. 그리고 마지막 하나는 말을 하지 않아 목소리를 듣지는 못했다.

핍은 그들의 이름은 물론, 출신 행성은 어디고, 어쩌다 이곳에 온 것인지 알지 못했다. 처음에 핍은 사고 여파로 뇌에 문제가 생긴 것이 아닐까 걱정했다. 핍은 그들을 만질 수도, 볼 수도 없었고, 심지어 냄새도 맡을 수가 없었다. 그렇게 오래도록 걸었는데 말이다. 그러나 핍이 그들을 마냥 '머릿속 존재'라 단정하기는 어려웠다. 왜냐하면 그들의 목소리가 지나치게 생생했기 때문이다.

어쩌면 인간이 아닐 수도 있었다. 꼭 외계인이 인간 혹은 그에 준하는 비슷한 형체를 가지고 있을 필요는 없었다. 그들은 파동으로, 혹은 빛과 어둠으로 존재할 수 있었다. 물론 그들이 외계인이라 해도 핍에게는 달리 다른 선택지는 없었다. 자리에 주저앉거나, 나아가는 것. 둘 중 하나였다. 그러나 그마저도 핍에게는 선택지가 하나였다. 어둠은 차츰차츰 핍의 목을 조여오고 있었다. 질식할 것만 같은 느낌에 핍은 부단히 다리를 움직여야만 했다. 남자가 말했다.

"아리아드네를 알아?"

여자가 대답했다.

"테세우스 도와준 여자 아니야?"

"그래, 테세우스가 미노타우로스를 잡기 위해 미궁에 들어섰을 때, 아리아드네는 테세우스에게 실뭉치를 줬어. 테세우스는 실뭉치를 길게 늘어뜨리며 미궁 속으로 들어 갔지. 미노타우로스를 처리한 테세우스는 실을 따라 다시 입구로 돌아갈 수 있었어."

"근데 우리는 입구가 어딘지 모르잖아."

남자는 한숨을 내쉬었다. 핍의 뺨에 치아바타 치즈 향이 담긴 바람이 불어오는 것 같았다.

"그래도 시작점은 알 수 있지. 표시를 해야 해."

"의미가 있어? 보이지도 않는데, 시작점이 시작점인지 어떻게 알아?"

핍은 한 마디도 하지 않았다. 그들의 대화에 끼어들 틈 이라고는 없었다. 남자가 말했다.

"나도 몰라. 각자만의 방식대로 해."

남자의 말이 틀린 것도 아니었다. 다시 처음으로 돌아 오는 것만은 피해야 했다. 이 지옥 같은 어둠 속에서 나아 가야만 했다.

"형씨도 하세요."

남자가 핍의 뒤편을 향해 말했다. 핍이 본능적으로 뒤

를 향해 돌아보았으나, 그곳에서는 그 어떤 기척도 느껴지지 않았다. 괜히 팔을 휘둘러보았지만 무엇도 손에 걸리지 않았다. 남자가 누구에게 말하는지 알 수 없었다. 어쩌면 핍을 지칭하는 것일지도 몰랐다. 그때 여자가 말했다.

"형씨 앞에 계신 분도 하시고요."

이건 명확히 핍을 지칭하는 말이었다. 지금 이곳에는 총 네 명의 사람이 있었다. 남자, 여자, 핍, 그리고 말이 없는 한 사람. 어둠 속이라 그들이 누구인지 알 수 없었다. 핍은 이마에서 흐르고 있는 피를 손에 묻히고는 벽에다 대고 그리기 시작했다. 아리아드네의 실을 만들어보는 것이다. 그러나 목적은 달랐다. 시작점으로 돌아가기 위한 것이 아닌, 시작점으로 돌아가지 않기 위한 것이다. 핍은 일행들과 함께 나아가기 시작했다.

*

불과 5분만에 핍은 자신의 선택을 후회했다. 이마의 피가 멎기 전까지 벽에 피를 묻혔으나 그 끝을 볼 수는 없었다. 굳이 상처를 더 낼 필요는 없었다. 지친 그들은 오직 빛을 향해서만 걸어가고 있었으니까. 핍은 어둠이 마치 자신의 피를 삼키고 있는 것처럼 느껴졌다. 기분이 나쁜 나머지, 뒤를 향해 가운데 손가락을 슬며시 올려보기도

했다.

빛은 잡힐 듯 말듯 일정한 거리를 유지했다. 고양이 장난감처럼 사람을 농락하고 있는 것이 아닐까 싶었다. 그러나 잠깐 쉬고 싶어도 걸음을 멈출 수가 없었다. 숨만 잠깐 돌렸을 뿐이었는데, 목소리들은 저만치 앞서가고 있었다. 무슨 철인 3종 경기 우승자들을 모아놓은 것만 같았다. 그들 역시도 저 빛처럼 핍을 농락하기 위해 동원된 배우가 아닐까 싶었다. 라이트가 켜지면 핍 혼자 트레드밀 위를 걷고 있고, 나머지 세 배우는 전동카트 위에 앉아 맥주를 마시면서 핍을 향해 대본을 읊고 있을지도 몰랐다. 핍의 등줄기는 땀으로 완전히 젖어버렸다.

끝내 핍의 다리에 쥐가 나버렸다. 핍은 그대로 바닥에 고꾸라졌다. 이 칠흑 같은 어둠 속에서 고통은 더욱 생생하게 느껴졌다. 그렇다고 마냥 고통이 싫지만은 않았다. 그 고통만이 핍이 이곳에 존재하고 있음을 증명하고 있었다. 핍의 숨소리가 거칠어졌다. 공황이 올 것만 같았다. 여자가 말했다.

"정신 차려. 보이지 않으면 없는 거야."

핍에게 향한 말인지는 알 수 없었다. 핍이 애원하듯이 말했다.

"손 좀 잡아줘."

그러나 여자는 핍의 손을 잡아주지 않았다. 핍은 지푸

라기라도 잡는 심정으로 손을 뻗었지만, 핍의 손은 어둠을 훑을 뿐이었다. 멀어져가는 발소리가 들려왔다. 처음에는 하나였다가, 곧 둘이 되었다. 셋이 될까 핍은 두려워 몸을 떨었다. 여자가 말했다.

"다른 사람들은 모두 갔어. 나도 가야 해."

"날 두고 가지 마."

"난 여기서 나가야 해."

"같이 가."

여자는 잠시 침묵하다가 핍을 향해 말했다.

"어떻게 네가 존재하는지 확신하지?"

그 말을 남기고는 여자의 목소리는 사라졌다. 대화였는지, 혼잣말이었는지 알 수가 없었다.

*

핍은 자리에 누워 빛을 바라보았다. 조금만 더 나아가면 빛에 도착할 수 있을 것 같았다. 그러나 그 희망이 이제껏 핍을 한계로 몰아붙이고 있었다. 하얀 빛은 춤을 추며 자기 모습을 바꾸기 시작했다. 그것은 돈이 되었다가, 수잔이 되었다가, 수잔이 깨어먹은 디스켓들이 되었다가, 쌍성 궤도를 도는 우주정거장이 되었다. 어디서 많이 들어본 듯한 형상으로 핍에게 다가왔다. 핍의 몸이 뻣뻣하게 굳었다.

눈이 수십 개에 날개가 달린 그것. 두려워 말라고 하면서 굳이 두려운 모습으로 인간에게 다가온 그것. 그것은 멀리서 핍에게 말을 걸고 있었다. 빛은 멀어졌다가 가까워 지기를 반복하며 핍을 유혹했다. 그럼에도 핍이 미동도 하지 않자, 빛은 친히 핍의 눈앞으로 다가왔다. 그가 말했다.

빛이 있으라.

사실, 이건 핍의 머릿속에서 만들어낸 목소리였다. 핍도 알고 있었다. 미칠 것이면 한 번에 미칠 것이지. 미쳐가는 것을 실시간으로 느끼고 있으니 미치는 것에 가속도가 붙는 것만 같았다. 핍은 머리를 바닥에 박았다. 성냥팔이 소녀처럼 핍은 희망을 담아 눈을 감았다가 떴다. 형상을 보고서 핍은 마지막 힘을 짜내 입을 벌렸다.

"코와붕가!"

분명 닌자 거북이 형상이었다. 독방에 갇힌 죄수들은 3일을 채 넘기지 못하고 환각을 본다고 했다. 이런 면에서 인간은 절대 닌자 거북이가 될 수 없었다. 만약 인간이 방사능에 중독된 채로 하수구에 버려진다면 근육질의 8등신 거북이 영웅이 되기보다 오물을 마시고는 미쳐버리고 말 것이다. 핍의 목소리가 메아리치며 전혀 다른 사람의 것처럼 들렸다. 마치 닌자 거북이들이 호응이라도 하는 것만 같았다.

그러나 그들은 그곳에 서서 핍을 바라보기만 했다. 핍은 그들에게 깊은 배신감을 느꼈다. 마치 만화 채널이 시리즈 중간에 방영 종료를 공지했을 때처럼 말이다. 핍은 이를 갈았다. 눈만 감아버리면 사라지는 저 빛 하나 때문에 이 지경까지 오게 된 것이다. 핍은 낮게 읊조리듯이 말했다.

"차라리 죽여."

귀에는 웅웅거리는 백색소음만 들릴 따름이었다. 핍은 바닥에 머리를 박고서 생각했다.

애초에 모든 게 존재하지 않았던 걸지도 몰라.

시간이 지나 은은하게 남아 있던 고통마저 사라졌다. 이제 핍은 자신이 존재하는지조차 확신할 수 없었다. 몸이 녹아내리는 것만 같았다. 어둠은 그 무엇보다 미지근한 불이었다. 그 속에서 핍은 살과 뼈가 서서히 분해되면서 끝내는 한국 전통 시장 뒷골목에서 파는 진한 엑기스가 되어버릴 것이었다.

물에 잠겨 있는 것 같은 느낌이 들었다. 다행히 하수구에 고인 물처럼 썩은 내를 풍기지는 않았다. 물은 포근하게 핍의 몸을 감쌌다. 물과 어둠은 퍽 많은 것이 닮아 있었다. 모든 것을 어루만진다는 것과, 때론 벗어날 수 없는 적막감을 준다는 것. 핍은 수영하듯 어둠을 헤엄치기로 했다. 몸이 떠오르는 것이 느껴졌다. 몸에 힘을 쭉 빼자 핍은 어둠의 일부가 됐다.

"최고 기록입니다!"

핍이 눈을 떴을 때는 아무것도 보이지 않았다. 그러나 어둠 속은 아니었다. 그 반대였다. 밝은 빛이 핍의 얼굴을 향해 쏟아지고 있었다. 지나치게 밝은 나머지 눈이 아릴 정도였다. 눈이 빛에 적응하기 시작하자 차츰 앞이 보이기 시작했다. 수십 명의 사람들이 핍을 향해 박수치고 있었다.

그들은 모두 영국식 버튼 정장을 입고 있었으나 안드로이드와 5성급 일본 호텔 직원을 섞어놓은 모습이라 이질적이었다. 그들은 정중했으나, 한편으로는 비인간적이었다. 박수는 알람 소리와 함께 멈췄다. 그들은 박수를 멈추자마자 다시 자신이 하고 있는 일에 복귀했다. 그러나 한 사람만은 달랐다.

"축하드립니다!"

그 직원은 아일랜드계 백인에다 장발이었고, 눈에는 스모키 화장을 하고 있었다. 영락없는 바이킹족이었다. 이곳이 발할라가 아닐까 하는 생각이 들었다. 그러나 그의 명찰이 눈에 곧 들어왔다. 그의 이름은 크랭이었다. 크랭은 다짜고짜 핍에게 물었다.

"어떻게 소감 한 말씀만 해주시죠?"

크랭 뒤로는 전광판이 하나 있었는데, 이름과 순위가 나열되어 있었다. 맨 위쪽에 시선이 갔다. '핍, 전력 생산량 27kWh'라 적혀 있었다. 핍이 크랭에게 물었다.

"아니, 이게 무슨…."

크랭이 인위적인 미소를 지으며 핍의 등을 두들겼다.

"정말 잘하셨어요. 특히 마지막은 역경을 이겨내고 한계를 돌파하는 초인, 그 자체였습니다."

핍은 고개를 옆으로 돌려 주변을 살펴보았다. 밝은 LED 등 수백 개가 사무실 내부를 비추고 있었다. 사무실 너머로는 온통 어둠이었다. 핍은 한눈에 그 어둠 속이 자신이 갇혀 있던 곳임을 알아차렸다.

알람과 함께 직원들은 거대한 레버를 돌렸다. 그러자 벽 안쪽에서 톱니바퀴 돌아가는 소리가 들려왔다. 어둠이 꿈틀거리고 있는 것 같았다. 그곳에 사람들은 보이지 않았다. 순간 핍은 한 가지 사실을 알아차릴 수 있었다. 핍이 크랭에게 물었다.

"그럼, 여기가 그 빛?"

핍이 쫓던 빛의 정체는 핍이 누워 있는 이곳 사무실이었다. 크랭은 가볍게 고개를 끄덕이고는 핍에게 서류를 하나 들이밀었다. 핍은 눈을 가늘게 뜨고서 서류를 살폈다. 청구서였다. 청구서에는 '행성 궤도 수정 비용' '행성 표면 복구 비용' 등과 같은 청구 항목들이 나열되어 있었다. 그제야 핍은 행성에 우주선이 충돌했던 것을 기억해 냈다. 크랭이 말했다.

"고객님의 우주선이 행성과 충돌했고, 고객님 과실이 20퍼센트로 잡혔습니다. 나머지 80퍼센트는 상대 행성에서 위험 신호를 보내지 않은 것으로 잡혔고요. 그런데 고객님 계좌에 잔액이 부족하지 뭡니까? 그래서 어쩔 수 없이 바로 이곳 전력 생산실로 모셨습니다."

크랭은 어둠 속을 손으로 가리켰다. 핍은 크랭의 손끝을 본능적으로 따라갔다가 고개를 돌렸다.

"어둠 속에서 빛을 따라 걸으면 전력이 생산되는 방식입니다. 생산량에 따라 보상이 청구되는 방식이지요."

핍이 화를 냈다.

"아무리 그래도, 그런 비인간적인⋯."

"그 어떤 방식보다 효과적이니까요. 살기 위해 마지막 힘까지 짜내서 걸었지 않습니까? 만약에 헬스장 같은 곳에 그냥 던져 놓았으면 이렇게까지 걸었겠습니까?"

크랭은 당연하다는 듯한 표정을 짓고 있었다. 핍은 고개를 돌린 상태로 외쳤다.

"너희들 미쳤어? 당장 경찰에 신고할 거야."

크랭은 그러라는 식으로 핍에게 핸드폰을 건넸다. 그러나 핍은 막상 핸드폰을 받고도 경찰에 신고하지 못했다. 크랭이 미소를 띄운 상태로 말했다.

"본인도 아시지 않습니까? 감옥에 투옥되고, 채무 추심을 당하는 것보다는 괜찮지 않습니까?"

크랭의 태도는 정중했으나, 말에는 뼈가 있었다. 시간이 얼마 지나지 않은 것 같았는데도, 핍은 어둠 속에서 보냈던 순간들을 명확하게 기억하지 못했다. 꿈을 꾼 것만 같았다. 핍은 핸드폰을 손에 쥔 상태로 물었다.

"그럼, 나랑 있던 사람들은?"

"다른 사람이요? 다른 사람은 없었습니다."

"분명 있었어."

핍은 자신과 함께했던 이들의 목소리를 생생하게 기억했다. 크랭의 얼굴에서 웃음기가 한순간에 가셨다. 크랭이 냉랭한 태도로 물었다.

"보셨습니까?"

핍이 대답하지 못하고 크랭을 노려보자, 크랭이 고개를 돌려 고갯짓을 했다. 그 순간, 핍 뒤편이 환하게 빛이 나더니 내부가 보였다. 평방 9.9제곱미터의 아주 작은 콘크리트 방이었다. 네 사람은커녕 두 사람도 딱 달라붙어 있어야 간신히 서 있을 수 있는 크기였다. 크랭이 고갯짓을 하자 다시 불이 꺼졌다.

"어둠 속에서 사람들은 실재하지 않는 걸 보기도 하죠."

핍은 입술을 세게 깨물었다. 자신도 그렇게 생각했었다. 그 사람들이 존재하지 않을 수도 있다고 몇 번이고 의

심했었다. 크랭은 어둠 속으로 시선을 내던졌다.

"어쩌면 어둠 속에서 세계가 만들어졌다는 신화들도 그런 점과 일맥상통하지 않을까요? 저는 가끔 이 세계도 어쩌면 한 사람의 망상일 수도 있다는 생각을 한답니다."

그때 저 멀리 문이 열렸다. 수잔이 문에 기대어 서 있었다. 수잔은 눈에 멍이 든 것 말고는 다친 부분은 없어 보였다. 핍은 수잔을 향해 힘이 쭉 빠진 손을 뻗었다. 수잔은 핍에게 다가오더니 핍의 작고 부드러운 두 손을 마주 잡았다. 수잔은 힘없는 목소리로 물었다.

"어떻게, 괜찮아?"

핍은 수잔에게 어찌된 일인지 물어보려다 말았다. 가만 보니 수잔의 이름 역시도 전광판에 올라가 있었다. 수잔은 핍을 일으켜 세우고는 크랭을 노려보며 말했다.

"정산 끝났지?"

크랭은 고개를 끄덕이고는 둘을 문으로 안내했다. 핍은 뒤를 돌아보았다. 빛 너머로 보이는 것은 오직 어둠 뿐이었다. 그곳에 다른 것이 존재할 틈은 없었다. 핍은 수잔에게 목소리들에 관해 물어보려다 말았다. 관측하지 못한 것은 존재하지 않는 것과도 같았다. 그에 관해 말하기에 인간의 눈으로 볼 수 있는 부분은 삶의 아주 작은 일부 뿐이었다.

*

　둘은 다시 우주선에 올랐다. 엉성하긴 했지만 대충 수리해놓은 상황이었다. 우주선이 행성 궤도에서 벗어날 때까지 둘은 아무 말도 나누지 않았다. 그러나 우주선의 목적지는 명확했다. 수잔은 가장 가까운 별을 향해 우주선을 몰았다. 궤도에 정박해놓자 이글거리는 푸른 빛이 우주선 내부로 쏟아졌다. 수잔은 우주선을 자동 비행으로 설정하고는 의자를 뒤로 확 젖혔다. 핍은 더 나아가 갑자기 옷을 벗고는 광합성을 하는 식물처럼 빛을 온몸으로 맞이했다. 눈을 감고 있던 수잔이 핍에게 물었다.

　"어둠 속에서 뭘 봤어?"

　"끔찍한 상상들."

　"현실에는 없을 만한 것들?"

　"어쩌면 이 넓은 우주 어딘가에 있을 수도 있는 것들."

　"너무 끔찍해."

　핍은 눈을 감고 있었다. 눈을 감아도 빛이 쏟아지고 있었다. 빛으로 가득한 세상에는 그 어떤 상상도 끼어들 자리가 없었다. 핍이 말했다.

　"보지 않으면 없는 거야. 그런 거야."

　무엇도 확신할 수 없는 세계 속에서 핍은 살고 있었다.

코리아 닉테이션

2024년 〈과학동아〉 4월호 수록

1

　"부가세는 따로 없고요. 택배 비용은 30만 원 이상 구매하시면 저희가 무료로⋯."

　박사 과정 1년 차인 형은 전화를 받으면서 동시에 키트에 라벨지를 붙이는 데 열심이었다. 라벨지에는 가격표가 붙어 있었다. 비싼 몸값을 자랑하는 실험용 원숭이는 뉴스로 R&D 예산 삭감 소식이 들려오자마자 주문을 취소했고, 본래 신입 대학원생들의 실험 용도로 구매한 실험용 쥐와 기니피그들은 신입생들 입학 자체가 취소되며 외부에 떨이로 팔렸다. 실험용 쥐는 비근교계 2만 원, 근교계 5만 원, 기니피그는 7만 원, 이런 식으로 말이다.

　"거기도요?"

형은 라벨을 붙이던 손을 놓고는 핸드폰을 바로 쥐었다. 놀란 말투였으나 표정은 그렇지 않았다. 우리 연구소도 연구가 중단된 마당에 타 연구소라고 상황이 다를 것 같지는 않았다. 나는 몰래 현미경에 키트를 올려놓고는 눈을 들이밀었다. 희미하지만 투명한 몸체에 꾸물거리는 작은 선들이 보였다. 그것들은 S자를 그리며 어딘가를 향해 나아가고 있었다.

생물체의 이름은 '예쁜꼬마선충'으로 영문 학명은 'Elegant'다. 과거 현미경으로 선충을 관찰했을 당시 S자를 그리며 나아가는 움직임이 문자 그대로 '우아'해서 붙여진 이름이다. 학계에서 예쁜꼬마선충의 발견은 축복 그 자체였다. 몸체가 투명해서 변화를 관찰하기 쉬운 데다, 세대 수가 짧아 유전적 형질을 연구하기가 쉽고, 거기다 배양하기 쉬운 대장균이 주식인 점 등 여러 장점들 덕분에 선충은 생명체를 다루는 연구실이라면 배양실 한 칸을 꼭 차지하고 있었다.

갓 학부를 졸업한 나와도 인연이 있는 녀석들이었다. 학부생 때부터 선충에 대한 이야기를 많이 들어왔다. 뉴스는 물론이고 전공서에도 그들의 이야기가 가득했다. 과학자 중 상당수가 선충을 연구해 노벨상을 여럿 받은 상황이었다. 그들은 선충의 유전자 수를 정확히 밝혀내거나 신경계 지도를 모두 그려낸 다음 기계에 지도를 이식해서 기계가 선충처럼 움직이는 것을 확인했다. 그럼에도 아직 선충에 대해 모르는 것이 많았다. 값도 싼 데다, 키우기도 쉽기에 선충은 자연스럽게 내 첫 연구 대상이 되었다. 물론 지금은 연구 중단을 넘어 연구실 자체의 존폐를 가늠할 수가 없는 상태였지만. 형의 목소리가 들렸다.

"말도 마요. 전부 취소예요. 취소. 입학하겠다는 애들이 없어서 저희 쪽도 교수님이 직접 학부생 MT까지 찾아가고 계세요."

'이러다 잘리는 거 아니야?' 같은 아우성이 가득한 폭풍 전야는 아니었다. 폭풍을 멀리서 보고 두려워하기도 전에 이미 폭풍은 우리 연구실을 휩쓸고 지나갔으니까. 형과 나는 폭풍우가 쓸고 지나간 뒤 잔해를 처리하고 있었다. 현미경의 배율을 조절하는 사이, 형은 계속 통화를 이어갔다.

"금속류면 창고에라도 박아두면 되는데, 생물체는 키워야 하니까 비용이 장난 아니에요. 위쪽에서는 단기적인 성과를 원하는데, 연구로는 그럴 수가 없잖아요. 오늘 아인슈타인한테 우리나라에서 1년이나 3년 만에 성과를 보여달라고 했으면 상대성 이론은 무슨, 취업률이나 신경 쓰다가 끝났을 걸요? 장학금도 상반기 지급 예정이었다가 무기한 연기로 통보받았다니까요."

분위기가 순식간에 달아올랐다가 식어갔다. 화를 내던

형은 이내 체념한 듯 한숨을 섞어가며 말을 이었다.

"어쩌겠어요. 일단 보이는 데로 예산 절감이라도 해야죠. 그러니까 파는 거예요. 전부."

나는 눈에 힘을 풀고서 키트를 조금씩 움직이며 선충들을 관찰했다. 그러나 막상 학명과는 다르게 S자를 그리며 움직이는 선충은 거의 없었다. 대부분 몸을 미라처럼 빳빳하게 세우고는 머리를 좌우로 흔들고 있었다.

"그만해."

순간, 앞이 보이지 않았다. 현미경에서 눈을 떼자, 키트를 손에 든 형이 보였다. 전화를 끊고 바로 선 그의 표정은 굳어 있었다.

"포장이나 해."

형은 키트 뚜껑을 닫고는 그 위에다 '폐기물'이라 적힌 라벨지를 붙였다. 어쩔 수 없었다. 값이 싸고 키우기가 쉬운 만큼 다른 연구소에서도 이미 넘쳐날만큼 가지고 있었으니까. 더군다나 나 같이 학부를 갓 졸업한 대학원생이 손을 댄 표본은 그들의 입장에서는 '오염'되었다고 볼 수도 있었다. 말없이 형에게 키트를 넘겨받고는 그 위에 'C, Elegant'라 적었다. 내 손 글씨를 보더니 형이 말했다.

"오늘날 우리나라 사람들이 선충을 봤다면 학명을 그렇게 붙이진 않았을 거야."

"어떤 면을 보고요?"

형은 가격표가 붙은 키트를 상자 안에 넣고는 플라스틱 물통에 물을 채워 넣었다. 실험용 쥐들이 물을 마시기 위해 한쪽으로 모여들었다. 그들은 앞다투어 서로를 밀쳐내며 물을 조금이라도 더 마시기 위해 몸부림쳤다. 그 모습을 바라보던 형은 입을 비쭉 내밀었다.

"한 군데에 못 버티고 떠나려고 하니까."

*

"떠나야겠군."

연구실 용도 변경 공고문을 보자마자 책임 연구원이 내뱉은 말이다. 그의 말은 탄식보다는 일종의 상태 기술이었다. 대학원생 입장에서 말하자면 논문의 서론보다는 결론이었다. 연구실 용도 변경 공고문도 마찬가지였다. 말이 용도 변경 공고지, 변경된 연구실이 어떻게 사용될지 우리는 알지 못했다. 우리에겐 폐쇄 통보와 같았다.

이미 책임 연구원을 비롯한 연구자 대부분은 공고문이 나붙기도 전부터 움직이고 있었다. 변화를 눈치챈 해외에선 이미 국내 연구진들을 향해 러브콜을 쏟아 보내고 있었다. 그들은 슬리퍼나 이불, 베개, 칫솔, 치약을 비롯한 생활용품부터 제본해놓은 논문들까지 퇴근할 때 백팩이나 쇼핑백에 욱여넣고는 슬금슬금 연구실을 빠져나가기 위해 뒷걸음질치고 있었다.

얼마 안 된 연구실 인턴들도 마찬가지였다. 그들은 CL32이라는 정부의 R&D 지원책을 듣고 대학원에 입학한 이들이었다. 이들은 입학 전 학교를 다니며 돈 걱정을 하지 않아도 된다는 정부의 말을 믿고서 대학원에 입학했다. 그러나 관련 예산이 감축된다는 소문이 도는 것과 동시에 탕비실에 콜라가 들어오지 않은 첫날, 이들은 뭔가를 감지한 듯 당당히 학업 중단을 선언했다. 지진을 미리 감지하는 동물 같았다. 그들 중 일부는 얼마 지나지 않아 취업에 성공했다며 내게 연락을 해왔다.

결국, 떠나야겠다는 책임 연구원의 말을 물리적으로 들은 사람은 가족 등 피치 못할 사정으로 한국에 남아야 할 이들이나, 나처럼 막 실험을 진행하고 있어 연구실을 떠날 수도, 연구실에 남아 있기도 애매한 석사 과정 저연차 대학원생들이었다. 전자는 사기업에서 제의가 오고 있었지만, 후자는 아니었다. 나이는 기업 평균 신입 사원 연령을 아슬아슬하게 넘어선 상황이었다. 그에 반해 스펙이라 불릴 만한 것은 실현되지 않은 공상에 가까운 연구 노트 파일 하나가 전부였다.

예상 못한 것은 아니었다. 예산 감소가 우리 연구실에 영향을 끼칠 것이라는 사실은 알고 있었으니까. 석사 과정 3개월 차에 연구실을 뛰쳐나와 대기업에 취직한 내 동기처럼 연구 대신 자격증 공부를 했다면 어땠을까? 연구실을 떠나기 직전, 그가 원하는 연구를 하고 싶다던 내게 말했다.

"그거, 너, 이기적인 거야."

하고 싶은 일만 하면서 살 수 없다는 말은 수도 없이 들었다. 대학원에 대한 자조적인 농담들도 하지 못하게 된 건 언제부터였을까? 과학은 계속해서 발전한다는데, 정작 우리는 뒤처지는 듯한 느낌이었다. 나를 비롯한 많은 인턴은 연구를 정식으로 시작하기도 전부터 후회와 패배감이 함께했다.

*

나는 자리에 가만히 서서 형의 말을 곱씹으며 선충들의 생태에 관한 소논문을 떠올렸다. 선충들은 자원이 부족해지면 일종의 미라 상태인 '다우어'가 되어 몸체를 이리저리 흔든다. 이를 '닉테이션'이라 한다. 닉테이션을 하는 다우어들은 마치 끈끈이처럼 초파리나 딱정벌레 등 동물 몸체에 붙어 자원이 풍부한 곳으로 이동한다. 형에게 물었다.

"떠나는 게 왜요? 안 그러면 죽는데요?"

형이 연구실을 한 바퀴 둘러보았다. 사람은 없고, 누런 박스만 곳곳에 가득한 것이 을씨년스러웠다.

"사람들은 그런 건 상관 안 해. 당장 눈에 보이는 게 중요하니까."

그 말을 하고는 형은 상자에다 책상 위에 있던 모든 것을 쓸어담았다. 떠난 이들이, 정확히는 떠나게 된 이들이 미처 챙기지 못한 물건들이었다. 주인을 찾아 주기에는 어려운 잡동사니들이었다. 쓰다 만 뚜껑이 없는 펜, 몸체가 반을 잘린 지우개 등이 어지럽게 상자 속으로 쏟아졌다. 형이 나를 보더니 박스를 내밀었다.

　"네 마음은 알겠는데, 이제 그거 그냥 벌레야 벌레."

　나도 모르게 키트를 손에 꼭 쥐고 있었다. 대학원에 진학했을 때 노벨상을 받겠다는 둥 큰 꿈을 꾸지는 않았다. 선충 연구 역시, 취업을 위해 거치는 교두보 정도로만 생각했다. 그러나 막상 예산이 없어 연구 지원을 보류한다는 말이 들리자, 나도 모르게 눈길이 키트에 쏠렸다.

　"선충은 세상에 많으니까. 너무 마음에 두지마."

　형이 내민 박스에 키트를 넣었다. 박스를 잡아 들고는 밖으로 나섰다. 한쪽 구석에 밀어두었다. 눈에 보이지는 않지만 선충들이 바글거리면서 닉테이션을 하는 것 같았다.

　2

　장갑을 끼고서 쥐들이 바글거리는 플라스틱 통에서 두

마리를 잡아 다른 플라스틱 통에 넣었다. 쥐들은 살려 달라 버둥댔다. 통을 종이박스에 포장하고는 그 위에 주소를 썼다. 주소는 다른 대학 연구실도 기업 연구실도 아니라 동물원으로, 아마도 뱀이나 이구아나의 먹이로 주려는 것 같았다.

연구실에는 혼자뿐이었다. 형은 만 원짜리 한 장을 나에게 건네고는 자리를 비운 상태였다. 다른 연구소와의 전화가 끊기자마자 형의 핸드폰에 다른 전화가 걸려왔다. 유 교수의 전화였다. 유 교수가 외국 대학에 스카웃 제의를 받았다는 소문이 돌고 있었다. 소문이 사실인지 그저께부터 그는 하나, 둘 능력 있는 대학원생들에게 전화해서 회식 날짜를 잡고 있었다.

어디서 유출이 되었는지 알 수 없었지만 외국 대학으로 떠난다는 유 교수의 말에 인터넷에는 욕들이 한 바가지였다. 매국노, 민족 배신자 등 교수님과 연구진들에 대해 원색적인 비난이 이어졌다. 그럼에도 호출을 받은 형이 솔직히 부러웠다. 그곳에 가면 연봉이 수천만 원에다, 장비들도 모두 신형이라는 것도 물론 부러웠지만, 무엇보다 연구를 이어갈 수 있다는 점에 부러움을 넘어 질투를 느꼈다.

형이 떠난 후 나는 묵묵히 실험용 생쥐들이 든 플라스틱 통을 박스에 넣고 포장했다. 열심히 하는 모습을 보이면 다른 연구소 혹은 대기업 사무보조로 스카웃 제의가

올지도 몰랐다. 존 웍처럼 볼펜으로 대충 숨구멍을 뚫고 는 박스를 문밖에 내놓았다. 생쥐들은 위험을 감지했는지 살기 위해 필사적으로 플라스틱 벽을 긁어댔다. 부글부글 끓어오르는 솥을 보는 것 같았다.

"나오세요."

멀리서 경비원이 다가와서는 내게 밖을 향해 손짓했다. 아직 정리할 것이 남았으니 시간을 더 달라고 말하려 했 으나, 경비원은 강경했다. 용역인지, 아니면 새로 변경된 연구실의 관계자인지는 알 수 없었지만 융통성이라고는 없어보였다. 그는 한 발 뒤로 물러서며 건물 밖으로 나를 인도했다. 금방이라도 경찰을 부를 것 같은 모습에, 나는 쭈뼛거리며 문 밖으로 나섰다. 그는 내가 보는 앞에서 유 리문을 잠갔다.

"내일부터 출입증 받아서 다니세요."

건조하면서도 딱딱한 말투에 절로 고개가 숙여졌다. 그 가 경계하는 듯 나를 향해 몇 번이고 뒤를 돌아보더니 이 내 어둠 속으로 사라졌다.

나는 그가 사라지고도 한동안 연구실 앞을 떠나지 못했 다. 유리문 앞에 쪼그려 앉아 박스들을 바라보았다. 무얼 어떻게 해야 할지 갈피가 잡히지 않았다.

딱—

그때 소리가 귀를 잡아끌었다. 소리는 연구실 한쪽 구

석에서 나고 있었다. 그곳에서 희미한 빛이 느껴졌다. 푸르스름한 빛은 떠난 이들이 남기고 간 물건들이 들어 있는 박스에서 흘러나오고 있었다. 박스 입구를 자세히 바라보자 선충이 든 키트가 보였다. 고개를 빼고서 안을 자세히 들여다보았다.

*

"언제 죽을지 모른다니까요."

사무처로 가서 열변을 토했다. 이미 알에서 깨어난 지가 2주가 지났으며, 온도 유지장치가 없어 더는 살지 못할 것이라고. 그러면 이 희대의 발견이 한순간에 물거품이 될지도 모른다고. 그러나 돌아오는 답은 같았다.

"지금 시설 사용하시려면 학과장님 승인이 있어야 합니다."

그러나 교수님도, 형도 전화를 받지 않는 상황이었다. 교수님은 MT에서 마시지도 못하는 술을 억지로 마시고는 방에 들어가 주무시는 중일 것이다. 계속된 연락에 형은 'ㅎㅚㅇㅡ ㅣ'라 오타로 점철된 문자를 내게 보내왔다. 늦은 저녁이라 그런지 사무처에는 직원이 하나뿐이었다. 그에게 말했다.

"이거 엄청난 발견입니다. 정말. 학계를 뒤흔들 수도 있어요."

석사 6개월 과정인 내가 봐도 선충들은 이상 반응이 보이고 있었다. 선충과 관련된 수많은 논문을 살펴보았지만 그렇게 푸르스름한 빛을 내는 경우는 처음이었다. 무엇 때문일까? 내가 먹이로 주었던 대장균에 이상이 있는 걸까? 아니면 상자에 우연히 들어간 지우개 가루 때문일까? 여러 물음이 떠올랐으나 어디까지나 표본을 확보해야 알 수 있는 것들이었다.

그러나 직원은 피곤하다는 듯이 내게 눈길조차 주지 않고 서류 작업에만 전념하고 있었다. 책상을 두들기며 답을 요구하자, 그가 대뜸 물었다.

"말해요?"

"네?"

"말이라도 하냐고요. 벌레가."

대답할 수 없었다. 말은커녕 그들의 몸집이 육안으로 보기에 커지지도, 눈이 아릴만한 강렬한 빛을 내뿜고 있지도 않았으니까. 내 반응을 살핀 그는 다시 모니터에 시선을 두고서 말했다.

"저도 애석하게 생각합니다만, 안 되는 건 안 되는 거예요."

전혀 애석하지 않다는 표정이었다. 가만히 생각을 이어나갔으나 다른 방법은 떠오르지 않았다. 머리를 숙이고서 그에게 부탁했다.

"그럼 집에라도 가져가게 해주세요."

아무도 없는 연구실 밖에서 무슨 일이 일어날지 몰랐다. 경비원의 태도로 보아 쓰레기장에 바로 던져버릴지도 몰랐다. 차라리 집에서 보관하고 있는 편이 나아 보였다. 잠시 집에 보관만 했다가 교수님이나 형과 연락이 닿는 즉시 연구를 시작하려 했다. 직원이 마른세수를 했다.

"벌레 이름이 뭐죠?"

내가 '예쁜꼬마선충'이라 말하자, 직원은 무덤덤하게 타자를 두들기더니 모니터를 돌려 보여주었다. '예쁜꼬마선충 한 키트: 3만 5000원.'이라 적혀 있었다. 그가 말했다.

"4만 원 내세요."

"4만 원이요?"

"여기 보니 키트 한 접시에 3만 5000원이네요."

그의 눈길에 악의는 없었다. 외투 안쪽에 비상금으로 숨겨둔 3만 원과 형에게서 받은 만 원을 합쳐 그에게 내밀었다. 그러자 그는 프린터로 무언가를 출력하더니 내밀었다. '실험용 생명체 구매 동의서'였다. 그 아래에 서명하라 했다. 급한 마음에 곧바로 서명하자, 그는 동의서에 만 원짜리를 겹쳐 클립으로 고정하고는 서랍에다 넣었다. 그가 도장을 찍은 허가증을 내밀며 말했다.

"오늘 일은 학과장님께 통보하겠습니다."

그의 말에 나는 무기력하게 고개를 끄덕일 뿐이었다.

3

금덩이라도 훔치는 사람처럼 조심스럽게 키트를 품에 안고서 교내를 가로질렀다. 키트에서는 딱— 하고 손뼉 마주치는 소리와 함께 희미한 푸른 빛이 흘러 나오고 있었다. 사람들을 밀치며 앞으로 나아갔다. 사람들의 시선으로 뒤통수가 얼얼했다. "선충이 죽어가고 있어요!"라고 외치고 싶었으나, 사무처 직원도 헛소리라 생각하는 마당에 미친 사람 취급당할 것이 뻔했다.

조금이라도 더 시간을 벌어야 했다. 고개를 넘고 넘어 학교에서 15분 거리에 위치한 자취방에 도착했다. 머리는 땀에 젖어 있었고, 심장이 터질 것처럼 두근거렸다. 그에 반해 자취방은 고요했다. 사람 산 흔적이 보이지 않았다. 침대와 바닥은 물론 싱크대에도 먼지가 뽀얗게 앉아 있었다.

곧장 키트를 보관할 장소를 찾았다. 자연스럽게 냉장고로 눈길이 갔다. 온도 조절 장치만 제대로 조절할 수 있다면 최적의 보관 장소였다. 냉장고 문을 열자마자 배에서 꼬르륵 소리가 들려왔다. 온종일 아무것도 먹지도 마시지도 않은 상태였다. 그러나 냉장고 안에는 그 흔한 김치통 하나 없이 텅 비어 있는 데다, 심지어 전원도 들어오지 않고 있었다.

어쩔 수 없이 식탁에 키트를 올려두고는 보일러 버튼 앞에 섰다. 문득 우편함에 쌓여 있던 전기 및 난방비 고지서 더미가 떠올랐으나 선충을 살리려면 어쩔 수 없었다. 버튼을 누르자 마치 탱크가 움직이는 듯한 소리가 들렸다.

몰래 챙겨온 대장균을 조심스럽게 키트에 투여하고서 보일러 온도계에 시선을 고정했다. 20~24도를 유지하려 했다. 온도가 더 오르려 하면 곧바로 베란다 문을 열었다. 습도도 중요했다. 수도꼭지를 돌리자, 시차를 두고서 물이 나왔다.

시간이 지나자 방은 어느 정도 온도와 습기가 유지됐다. 핸드폰을 꺼내 들고 동영상을 찍으며 혼잣말로 기록을 이어나갔다.

"온도, 습도와 키트에서 뿜어져 나오는 빛의 밝기는 일정합니다. 아직은…."

누군가 문을 두들겼다.

"학생! 안에 있어?"

집주인이었다. 밀린 월세를 받아내려는 그의 목소리는 거셌다. 나는 그에게 미안하다고 줄어든 연구 지원비로는 도저히 월세를 낼 수가 없었다고 말하고 싶었으나 하지 않았다. 백 마디 말보다 돈 한 푼이 더 진정성이 있는 시대였으니까. 그가 외쳤다.

"안에 있는 거 다 알아. 보일러 소리가 얼마나 큰데."

필사적으로 불을 끄고는 몸을 움츠렸다. 마치 다우어처럼. 오랫동안 먹지도 마시지도 않았는데, 긴장감 때문인지 허기가 순식간에 사라졌다. 이대로 며칠은 가만히 있어도 괜찮을 것 같았다.

그는 끈질기게 내 신상명세를 외쳐댔다. 나이, 학교, 학과 그리고 고향까지. 나라는 사람을 해부하는 것만 같았다. 다급한 나머지 나는 이불을 뒤집어쓰고서 도움을 구하기 위해 여기저기 전화를 돌리려 했으나, 갓 학부를 졸업한 저연차 대학원생이 전화 걸 수 있는 곳은 마땅히 없었다. 그런데 갑자기 형에게서 전화가 왔다.

"야, 너 어디야?"

집이라고 속삭이듯 말하자, 자신이 유 교수와 있다고 말했다. 머릿속이 빠르게 돌아갔다. 학계에서 인정받고 있는 유 교수라면 연구를 승인해줄지도 몰랐다.

"와서 얼굴 좀 비추고 그래. 어쩌면 너도 데려가줄 수도 있잖아."

형의 말을 주의 깊게 듣지는 않았다. 나는 신경을 온통 보일러 온도계에 쏟고는 아주 섬세하게 버튼을 조절하고 있었다. 샤워할 때 수도꼭지를 돌리듯이 말이다. 동시에 키트를 보았다. 죽어가는 사람의 심장 박동 같이 서서히 빛은 사라지고 있었다. 술집 주소를 읊던 형에게 말했다.

"형, 금방 갈게요."

전화를 끊고서 다시 키트를 챙겨 들었다. 집주인이 여전히 문을 두드리며 고함을 지르고 있었다. 숨을 죽이고서 기회를 노렸다.

4

어렵지 않게 유 교수의 술자리를 찾아냈으나 다들 만취한 상태였다. 집주인이 문을 막는 바람에 30분이나 늦어 버렸기 때문이다. 만약 그가 소음 때문에 이웃 주민과 설전을 벌이지 않았다면 꼼짝 없이 집에 갇히고 말았을 것이다. 마음이 급했다. 손에 들려 있던 키트에서는 빛이 거의 나지 않고 있었다.

"괜찮아지는 줄 알았는데."

식당에 들어가자마자 유 교수가 그리 말했다. 그날의 술자리 명목은 단합회였다. 즉 줄어든 지원에 대학원생이 떠나지 않도록 붙잡아 두는 설득의 장이었으나 결과적으로 설득은 되지 않았다. 그가 외국으로 간다는 소문이 돌고 있었으니까. 모두가 취한 와중에도 나는 눈을 벌겋게 뜨고는 까맣게 타들어 가는 삼겹살이 아닌, 허연 거품이 일어난 유 교수의 입술에 집중했다.

"그때도 그랬지."

04학번인 그가 생명공학과를 지원할 당시 황우석 박사 신드롬으로 학과 입결이 의대보다도 훨씬 높았다고 한다. 입학 당시의 과학계는 전 국민적인 지원을 받은 그야말로 황금기였다. 유 교수를 비롯한 당시 대학원생들은 자신의 연구에 대한 자부심 하나로 밤낮 없이 연구에 매달렸다.

"멍청한 선택이었다고 생각은 안 해."

그는 소주잔을 완전히 털다 말고는 말을 덧붙였다.

"적어도 나는."

나는 기회를 엿보며 유 교수에게 다가가려 했다. 그에게 키트만 보여주면 모든 문제가 다 해결될 것이라 생각했다. 그러나 다른 사람들도 나처럼 유 교수에게 조금이라도 더 다가가려 했다. 다들 소주잔을 쥔 손을 유 교수를 향해 뻗고서는 흔들었다.

"교수님, 한잔 하시죠."

그러기 위해서는 길을 막은 그들을 뚫고 나아가야 했다. 술자리는 두 군집으로 이루어졌다. 하나는 앞서 말한 유 교수를 중심으로 뭉쳐 있었고, 다른 하나는 나 같은 저연차 대학원생과 대학원 진학에 뜻이 있는 학부생이 중심이었다. 비관적인 인생 조언들이 전쟁터 속 총알처럼 오가고 있었다. 박사 과정 선배가 사무 보조 알바를 하던 학부생에게 말했다.

"야, 넌 지금이라도 안 늦었어. 의대 가, 의대."

학부생이 되물었다.

"의대요?"

그러자 다른 선배가 말을 잘랐다.

"의대는 무슨. 이 나이 먹고 수능 공부 다시 하게? 그냥 취업해. 여기선 돈도, 인정도 제대로 못 받는데, 뭘. 대학원은 진짜 아니야."

농담으로 시작했건만 이내 선배들의 눈시울이 붉어졌다. 전쟁 영화에서 패닉에 빠진 병사들을 보는 듯했다. 나는 빈틈을 노려 낮은 포복으로 전진했다. 가끔 선배들에게 붙잡혀 술잔을 맞부딪히기도 했다. 그럴 때면 소주를 그들의 잔에 잔뜩 따르고는 연거푸 건배와 원샷을 반복했다. 그러면 보통 세 잔 째에 그들은 치를 떨며 다른 곳으로 물러났다. 이제 거의 다 왔다. 유 교수에게 말을 걸려는 순간, 대뜸 선배 하나가 고개를 들이밀고는 물었다.

"넌 뭐 할 거냐? 여기 계속 있을 건 아니지?"

그 사이, 유 교수는 다른 곳으로 끌려갔다. 나는 벗어나기 위해 나를 붙잡은 선배에게 키트를 보여주려 했다. 키트만 보면 놓아줄 것이라 믿었다.

"조용히 좀 해요."

그때 뒤편에서 날카로운 목소리가 날아들었다. "죄송합니다."로 끝날 것이라 생각했지만 아니었다. 선배가 벌떡 일어나 팔을 걷어붙이고는 뒤편을 향해 삿대질하더니 이내 한데 엉키기 시작했다. 싸움이 커지자 사람들이 그를 말리기 시작했다. 기회였다. 싸움이 벌어지는 틈을 타 유 교수 앞에 도착했다.

"교수님."

그는 이미 인사불성이었다. 눈이 게슴츠레 풀렸고, 입가에는 게거품이 가득했다. 그에게 키트를 들이밀었다. 그가 물었다.

"이게 뭔가?"

"선충입니다. 교수님. 오늘 연구실 짐을 싸다가 발견했는데 이상하게 빛이 납니다. 이게."

유 교수가 키트를 물끄러미 바라보았다. 가슴이 두근거렸다. 유 교수의 말 한마디면 늦은 시간이라도 연구실을 이용할 수 있을지 몰랐다. 그런데 그는 키트를 강하게 내 쪽을 향해 밀면서 고개를 내저었다.

"뭐가? 아무것도 안 보이는데?"

희미하지만 분명 푸르스름한 빛이 나오고 있었다. 당황스러운 나머지 말이 나오지 않았다. 유 교수가 술에 취한 탓이라고 생각했다. 키트 뚜껑을 열고 그의 얼굴에다 들이밀며 말했다.

"교수님, 다시 한 번⋯."

유 교수가 정색을 하더니 버럭 소리를 질렀다.

"너 몇 년 차야? 정신 차리게. 정신."

그때 유 교수의 표정은 술을 한 방울도 마시지 않은 사람의 것과 같았다. 목소리도 논문을 심사할 때처럼 딱딱했다. 그는 다른 선배들에게 이끌려 사라졌고, 나는 멍하니 술에 취해 주억거리는 그의 뒤통수만 바라보았다. 누군가 어깨를 두들겼다. 형이었다.

"잠깐 나가자."

*

밖으로 나가서 형에게 말을 쏟아냈다. 키트에서 이상 반응이 보이고 있으며 얼른 연구를 시작해야 한다고 말했다. 유 교수에게 다시 한 번 키트를 보여주자며 형의 팔을 붙잡고는 다시 식당 안으로 끌었다. 그러나 형의 반응은 냉랭했다. 형이 내 손을 뿌리치며 말했다.

"안 돼. 자리가 없어."

술에 취한 듯 말꼬리가 휘었다. 그에게 말했다.

"형, 이거 빨리 연구해야 한다니까요."

술집에서 고함에 가까운 소리가 들려왔다. 뉴스를 보고서 그들은 한국에는 미래가 없다며 불만들을 쏟아내고 있었다. 영상에서 예산 감소 철폐를 외친 한 대학원생이 경호원에 의해 밖으로 끌려나가고 있었다. 형이 말을 이었다.

"그런데 얼마나 대단한 거든. 지금 여기선 네 걸 못 한다니까."

"왜요?"

"세상에는 앞뒤라는 게 있어. 원인과 결과, 앞과 뒤, 전후, 장유유서….."

"그게 왜요?"

"네 차례가 아니라니까. 지금 지원이 줄어서 제로섬 게임이라고. 나보다도 훨씬 형인 사람들도 자기 연구하려고 아등바등거리고 있어. 단기간에 연구 결과 못 내면 돈 한 푼도 못 받을 판이야."

"그게 중요해요?"

형이 침을 튀겨가며 화를 냈다.

"당연히 중요하지. 선배 중에 일부는 돌봐야 할 가정도 있어."

침묵하다가 그에게 물었다.

"그럼 우리나라 과학 발전은요?"

그가 코웃음을 쳤다.

"발전? 웃기고 있네. 도대체 발전이 도대체 뭔데? 신약이나 신소재 만들고, 우주로 가는 거 보면서 우리나라 과학이 진보한다고 떠들어대는 게 발전이야? 막상 거기 참여한 사람들이 과로로 병에 걸리고 죽어나가는 건 괜찮고? 그게 무슨 발전이야?"

마침 술집에서 유 교수가 형의 이름을 불렀다. 형은 신병처럼 목청을 높여 대답하고는 내게 속삭이듯 말했다.

"후배님. 조언 하나 하는데, 벌레보다 후배님 앞가림부터 신경 써. 이건 조롱이 아니라 진심이야."

형은 술자리로 뛰어 돌아갔다.

*

한동안 키트를 들고서 밖에 서 있었다. 네온사인은 밝았고, 거리에 차들은 많았다. 술에 취한 사람들은 비틀거리며 마치 선충처럼 S자로 나아가고 있었다. 술집에서는 사람들이 다들 잔을 들고 있었다. 선충만 생각하다보니 그들이 닉테이션하는 것처럼 보였다.

잠시 그들을 보다가 키트로 시선을 돌렸다. 키트의 푸르스름한 빛은 그 느낌만이 잔상처럼 남아 있을 뿐이었다. 사람들과 키트를 번갈아 보다가 도로가로 가서 화단 앞에 쪼그려 앉았다. 버려진 담배 꽁초를 치우고 키트 뚜껑을 열어서, 화단 모래에 살포시 비볐다. 아주 미세한 빛들이 민들레 홀씨처럼 퍼져갔다.

적정한 신뢰

낯선 천장이다. 그렇다고 '여긴 어디이고, 나는 누구?' 와 같은 진부한 질문을 하지 않는다. 술에 취한 채 코인노 래방에서 혼자 록 음악들을 내지르고 나온 순간 같다. 머 리가 맑다 못해 텅 빈 느낌이다. 주위를 둘러본다. 창 하나 없는 3평 남짓한 쪽방에는 내가 누워 있던 간이침대와 독 서실 책상과 의자 세트가 놓여 있다. 책상 선반에는 책이 나 시계를 비롯한 어떤 물건도 놓여 있지 않다. 방 상태는 보증금 없는 아주 열악한 고시원에 가깝다. 나는 철문 상 단에 붙어 있는 '인간 창작 확인 센터'라는 팻말을 멍하니 바라본다.

"착석."

소리의 근원을 찾으려는 시도는 하지 않는다. 지시에 맞춰 의자에 앉으려다 등받이에 시선이 간다. 못이 하나

삐쳐 나와 있다. 아마추어가 취미 삼아 만든 것 같다. 가만 보니 책상도 살짝 기울어 있다. 누구에게 말해야 할까? 주변을 두리번거리던 사이, 기계 돌아가는 소리가 천장에서 들려온다. 감시 카메라에 빨간 불빛이 들어와 있다.

"집필 준비."

나는 의자에 앉아서는 숨을 고른다. 수험생처럼 책상 위에 놓인 뜯지 않은 A4 용지 묶음 위에 손을 올리고는, 다른 한 손으로 제트스트림 볼펜을 든다. 적막 속에서 긴장감이 흐른다. 머릿속에서는 경찰서에서 자백을 하듯이 인물, 사건, 배경이 한데 섞여 나돌고 있다. 금방이라도 신호탄이 터지며 서로 발이 묶인 이들이 한데 엮이며 달려나갈 것만 같다.

"집필 시작."

나는 지금부터 그 누구에게도 말한 적 없는 이야기를 써야 한다.

*

ChatGPT 등장 이후, 출판사들은 더는 투고를 받지 않았다. AI로 작성된 소설들이 투고함으로 물밀듯이 밀어닥쳤기 때문이다. 편집자들이 투고작을 살피는 양보다 투고작이 들어오는 양이 배는 더 많았다. 메일함이 화수분처럼 보일 정도였다. 살인적인 업무 강도에 출판사는 메일

계정 자체를 없애버리고 말았다.

사람들은 무엇이 AI가 쓴 것이고, 무엇이 인간이 쓴 것인지 구별할 수 없었을 뿐더러, 구별하지도 않으려 했다. 이유는 명확했다. AI는 인간 작가와 똑같은 과정을 거쳐 소설을 쓴다. AI는 과거에 인간이 쓴 소설들을 학습하고는 현재에 떠도는 정보를 취합하고 트렌드에 맞게 이를 적당히 버무려서 세상에 내놓는다. 문학에 진보는 없고, 선호만이 있다는 유명 평론가의 주장을 증명하듯 AI는 자신의 엄청난 학습 능력을 이용하여 무한에 가까운 주제, 문체, 소설적 기법을 가장 효과적으로 세상에 내보였다. 더불어 인간의 본능도 한몫했다. 사람들은 어떤 집단에 부정적인 것이 섞여 있을 경우, 그것을 분별하는 데에 노력을 들이기보다, 그 집단 전체를 부정하기 마련이다. 그것은 편견과 선입견이라 불리며 인류를 오늘날까지 생존하게 했다. 문학이라고 다르지 않았다.

종합적으로 정부의 지원 없이는 자립이 불가능한 출판 산업과 고질적인 직원 수의 부족, 그에 따른 과노동 등의 문제를 따져 봤을 때, 소설 쓰는 AI의 범람은 지극히 효율적인 과정이었다.

*

[작품 시놉시스]

이 소설은 한 무명 소설가에 대한 이야기다. 그는 6년 째 신인문학상에 투고하지만 늘 최종심에서 탈락한다. 초창기에 가족들은 그의 도전을 응원하지만 해가 넘어가면 갈수록 그에 대한 가족들의 태도는 점차 걱정으로 바뀐다.

서점에서 아르바이트를 하며 글을 쓰던 그는 어느 날 책을 추천해달라는 손님과 '작가와 작품'의 관계와 관련해서 언쟁을 벌이게 된다. 무명 소설가는 둘은 떼어낼 수 없는 관계라 말하고, 손님은 시장에 나간 순간부터 둘을 무관하게 바라보아야 한다고 주장한다.

알고 보니, 손님은 유명 잡지에서 등단한 소설가이자, 대부분 작가 지망생들이 사용하는 글쓰기 프로그램을 설계한 성공한 프로그래머이기도 했던 것이다. 무명 소설가는 극심한 열등감을 느끼지만 '이럴 시간에 문장이나 하나 더 쓰라는' 그의 말에 막상 한 마디도 답하지 못한다. 거기에 이어 그날 밤, 무명 소설가의 연인은 그에게 더는 불투명한 미래에 지쳤다며 잠시 시간을 가지자고 한다.

다음 날, 어느 때와 같이 출근하려는 그에게 전화가 걸려온다.

'혹시 *** 선생님, 휴대전화 맞으신가요?'

*

얼마 지나지 않아 사건이 발생했다. 사건 발생지는 한국이었다. 신인 작가 A는 1쇄만 팔아도 다행이란 말이 나오던 한국의 서점가에 무려 300쇄 돌풍을 몰고 왔다. 단숨에 A의 소설은 '올해의 책 선정' 'OO 어워드 대상' 등 국내에서 권위 있는 상들을 싹쓸이했고, 해외 출판사와도 계약을 맺어 총 124개국에 번역되어 해외 유명 문학상 후보작에 오른 것은 물론 영화, 웹툰, 게임 등 2차 창작 계약을 체결했다.

어느 날 서점 뉴스레터에 A에 대한 폭로가 기재됐다. 내부고발자는 A와 동 대학원을 다니던 동료 작가 B였다. 폭로의 내용은 사실 A의 소설은 AI에 의해 쓰여졌다는 것이다. A는 B의 폭로를 정면으로 부정하며 B의 주장은 동문수학하던 자신에 대한 열등감으로 비롯된 명예훼손이라 주장했다. 그러나 B가 대학원 재학 당시 A가 사용하던 컴퓨터에서 AI를 사용한 로그와 함께 해당 시간대 컴퓨터를 사용하고 있는 A의 모습이 담긴 CCTV 파일을 공개하면서, A는 자신의 소설이 AI에 의해 쓰여진 것을 인정할 수밖에 없었다.

이는 한 개인의 일탈에 그치지 않았다. 한국 문학의 구원자이자 컨텐츠 산업의 희망이라 일컬어지던 작품이 한 독자의 평을 빌리자면, "작가의 생을 깎아 만든 예술품이 아니라, 남의 것을 무단으로 '그럴듯이' 짜깁기 하여 내놓은 공산품"이 되어버린 것이다. 문학계는 자조적인 비난들을 쏟아냈다. 평론가들은 글 쓰는 AI의 대두, 작가의 양심과 관련된 특집호를 연달아 발간하며 작품 창작에 AI를 사용한 것은 표절보다도 더욱 심한 행태라며 비난의 화살을 날렸다. (물론 이들의 특집호는 1쇄를 넘기지 못했다.)

연이은 계약 파기에 A는 파산했다. 법적으로 AI에 의해 만들어진 작품에 관해서는 저작권을 주장할 수 없었기에 A와 체결한 모든 계약은 무효가 되었고, A는 대출을 받아 산 강남 아파트와 B사 외제차를 저당 잡히면서 '그래도 첫 문장은 내가 썼다.'며 억울함을 호소했지만, 대한민국의 문단은 호락호락하지 않았다. (이후 A의 소설은 또다시 AI에 의해 변주되어, 책은 물론이고 다양한 컨텐츠로 소비되었다.)

*

A의 사건 이후 신춘문예, 출판사 신인문학상 등 각종 문학상이 간판을 내렸다. 명망 있는 심사위원을 비롯해서 평생 글만 읽어온 평론가 등 그 누구도 작품의 진위를 밝힐 수 없다는 것이 그 이유였다.

작가 지망생들은 자기 작품을 발표할 기회를 잃었다. 유명인도 아닌 신인 작가가 작품을 발표하면 해당 출판사에 항의 전화가 빗발쳤다. 그들은 그 작품이 A의 소설처럼 AI가 쓴 것이 아니냐며 비아냥거렸다. 사람들은 책을 구매하려고 하지도 않았다. 제목만 AI에 검색하면 내용을 요약해서 사람들에게 알려주었고, 원하다면 같은 주제에 더 트렌디한 작품을 써달라 명령할 수도 있었다. 출판사들은 자기 이름을 걸 수 있는 기성 작가들의 작품만 출판하려 했다.

나 같은 무명 작가들은 작품을 투고할 곳이 단 한 군데도 없었다. 과거처럼 원고를 제본해서 출판사를 찾아가도 그들은 내게 본인이 직접 썼는지 증명을 요구했다. 그리하여 오늘날 나를 비롯한 무명 작가들은 어떻게든 사람들에게 자신의 작품이 자신이 쓴 것임을 증명하기 위해 애썼다. 그러나 각자의 양심에 기대기에는 CCTV, 안면인식, 블록체인 기술 등으로 세상에 존재하는 모든 것을 기록으로 남길 수 있는 세상이었다. 사람들은 보이는 것, 수로 증명할 수 있는 것만 믿으려 했다.

*

[시놉시스]
카메라 플래쉬가 무명 소설가의 얼굴에 터지면서 이야기는 다시 시작된다. '초대형 신인의 등장' '한국인이 쓸 수 있는 가장 아름다운 서사' 등의 심사평이 인쇄된 현수막이 곳곳에 보인다.

그는 등단하지 않은 신인 최초로 한 대형 문학상 대상을 수상하며 화려하게 데뷔한다. 신문을 비롯해 인터넷에는 그와 관련된 기사가 쏟아져 나온다. 부모님은 그 기사들을 출력하고는 액자에 넣어 거실 벽면을 장식한다. 연락 없던 친구들의 연락이 쏟아지고, 매일 같이 벌어지는 술자리의 술을 사느라 지갑이 거덜이 났지만 무명 소설가의 얼굴에서는 미소가 떠나질 않는다. 이내 잠시 시간을 가지기로 했던 연인에게도 다시 만나자는 연락을 받는다.

출간까지는 약 반 년 정도의 시간이 남은 상태라 무명 소설가는 작품을 조금 더 완벽하게 다듬기 위해 수정을 하려 노트북을 켠다. 그런데, 그 순간, 편집부에서 연락이 온다.

'선생님, 혹시 G라는 사람을 아시나요?'

*

몇몇 작가지망생들은 200자 원고지 수만 장과 볼펜 뭉텅이를 등에 메고서 산으로 들어가 글을 썼다. 출판사 편집자가 그렇게도 싫어하는 육필 원고로의 회귀였다. 문제는 그렇게 육필 원고를 쓰고, 외부에 공개까지 했으나, 사람들의 의심은 수그러들지 않았다는 점이다. 평론가 B는 AI로 쓴 것을 산으로 들고 가서 그저 손으로 베낀 것이 아니냐는 의혹이 제시했고, 독서 유튜버 C는 산중턱 쉼터에 산악구조요원들이 사용하는 PC가 있다면서 작가들이 그것을 사용했을 수도 있다는 의심을 내비쳤다. 작가를 옹

호하는 독자의 댓글에는 머리가 깨졌다느니, 출판사 직원이라니 같은 대댓글이 달렸다. 믿음을 정해놓고 결과를 맞춰놓는 식이었다.

그럼에도 작가들은 쓰는 것을 멈추지 않았다. 그들이 누구인가? 공무원 준비생인 옆집 철수가 돈이 없다며 술에 취해 넋두리를 해도, 그들은 고개를 끄덕이고는 당당하게 철수의 지갑에서 카드를 꺼내 계산을 하는 인간들이었다. 원고료가 밀려 단기 생활비 대출로 신용 등급이 내려가도 그들은 글을 쓰기 위해서라면 어디까지나 비열해질 수 있었다. 영상의 시대에서도, 심지어는 AI의 시대에서도 이들은 계속해서 썼다. 핸드폰 진동음과 함께 문자가 왔다.

— 창작 확인 센터, 문학 부문 추가 인원 모집 안내.

*

아이러니하게도 AI를 서비스하는 기업에서 이 상황을 가만두지 않았다. AI가 지금까지 자연스러운 작품을 쓸 수 있었던 것은 지금껏 인간이 생산해낸 작품들을 학습했기 때문이었다. 그러나 AI의 발전으로 인간 생산자의 수가 줄자, AI가 학습할 새로운 자료가 줄어들었고, 거기다 경쟁 기업의 알고리즘 오염 공격으로 오정보들을 AI 자료 수집 풀에 퍼트리면서, AI 성능은 더디게 발전했다.

누군가는 어쨌든 발전하니 괜찮지 않느냐 묻겠지만, 기업, 아니 주주들의 입장은 달랐다. 주식의 가치는 성장률을 바탕으로 결정되었다. 성장률은 절대치를 보지 않고, 과거와 비교해 미래에 얼마나 성장할지를 보는 이른바 상대치로 결정되었다. AI 기업의 주식의 가치는 AI가 더디게 발전할수록 바닥에 처박혔고, 주주들은 최고경영자에게 연일 항의 서한을 보내며 성을 냈다.

그래서 기업은 문체부와 협의해서 '인간 창작 확인 센터'를 개관했다. AI 기업의 지원으로 돌아가는 이 센터는 작품이 AI의 도움을 받지 않았다는 것을 증명하기 위해 최첨단 기술과 함께 가장 아날로그적인 장소를 제공했다. 입소 과정은 이렇다.

우선 해마에 전기 충격을 주어 참가자의 단기 기억을 제거한다. 원래는 이 과정이 없었지만, 얼마 전 어떤 작가가 AI로 쓴 것을 통째로 외워와서 이곳에서 글을 쓴 것이 들키는 바람에 추가된 과정이다. 단기 기억 제거가 끝나고 나면, 수도원 같은 이 작업실에서 깨어난다. 스피커의 구령에 맞춰 글을 쓰고, 또 쓴다. 모든 과정은 카메라에 의해 감시되며, 외부와의 접촉은 작품을 마무리하기 전까지 불가하다. 방구석을 가까스로 벗어난 작가들은 다시 방구석으로 기어 들어가야만 했다. 작가들은 '인간 생산 증명'을 받기 위해 센터에 입소했다.

*

　나는 센터 입소 모집 문자를 받고서 누렇게 뜬 장판 위에 그대로 누워버렸다. 고개를 돌려 바닥에 쌓여 있는 습작 원고들을 보았다. 이것들만 묶어도 수십 권의 책이 나올 터였다. 내 작품 속에서 내가 괴롭히고 끝내 죽인 인물들을 떠올렸다. 다들 나를 원망했겠지. 자신들에게 그리 고통을 줬으면서 세상에 발표조차 못하다니. 그들의 죽음이 개죽음처럼 보였다. 그들의 원망이 나를 이 21세기 중반이라는 구렁텅이로 밀어놓은 것만 같았다. 문득 의문이 들었다.

　그럼, AI는 얼마나 많은 원망을 받을까?

　글을 쓰는 만큼 글의 책임을 그것이 느낄까? 그렇지 않겠지. 작품을 만들어놓고 작품이 사회에는 어떤 영향을 미칠지, 작가 자신의 삶을 어떻게 바꿀지 생각하지 않는 한 AI의 소설 쓰기는 흉내내기에 불과한 것이라 '한때는' 믿었다. 믿음은 빈 통장 앞에서 재빠르게 수그러들었다. 나는 핸드폰을 켜서는 '인간 창작 확인 센터'에 지원했다. 존 코너가 된 심정이었다.

*

[시놉시스]

G라는 사람의 주장은 간단했다.

모든 무명 소설가의 작품은 표절이다.

무명 소설가는 억울했다. 그러나 G가 편집부에 제시한 증거는 명확했다. 우선, 출간된 책들. 독립 출판이기는 했으나, 무명 소설가의 데뷔작품과 제목만 다르지 그 내용이 거의 비슷했다. 이어서 과거 무명 소설가가 투고했던 소설들 역시 G라는 사람이 출간한 책들에 제목도 똑같이 수록되어 있었다. 편집부는 무명 소설가에게 3일 간의 시간을 줄 테니 표절하지 않았다는 증거를 가져오라 말한다. 만약 가져오지 못할 경우 무명 소설가의 수상은 취소된다는 협박과 함께.

*

시놉시스를 쓰다 말고 주변을 둘러보았다. 그러나 시계는커녕 창문도 없어 시간이 얼마나 흐른 지 알 수 없었다. 얼마나 시간이 흘렀을까? 십 분? 한 시간? 아니면 반나절? 부디 하루는 아니길 빌었다.

아직 완성되지 못한 시놉시스를 보며, 이대로는 마지막 기회를 날릴 것만 같았다. 과거 작가라면, 자리를 박차고 일어나 다른 책을 읽거나, 하다 못해 거리를 거닐다가 비슷한 처지의 동료 작가를 마주치고는 술집에서 술이나 코가 비뚤어지게 마셨을 테지만 여기서는 센터에서 제공되는 물을 제외하고는 그 어떤 것도 함부로 마실 수가 없었다. 거기다 담배를 태울 수도 없었다. 센터도 엄연히 공공 시설이였기에 금연이었다.

나는 잠시 쉬기 위해 침대에 누웠다. 순간, 건물이 무너지는 줄 알았다. 침대는 그대로 아래로 꺼졌다. 다치지는 않았으나 허리 근육이 놀랐는지 지끈거렸다. 방 상태를 보니 어지간히 돈이 없는 것 같았다. 하긴, AI에 명령어만 입력하면 소설은 물론, 자동으로 4DX 영상 컨텐츠를 만들어내는 세상에서 여전히 텍스트에만 매달리는 작가에게 할 수 있는 지원은 한정적이었다.

일부 사람들은 이러한 센터를 만드는 것 자체가 세금 낭비라 했다. 전기 충격으로 자잘한 세부 사항은 기억나지 않지만, 센터에 입소하기 직전 정문에서 붉은 피켓을 들고 있던 한 할아버지의 말이 떠올랐다. 작가 출신 국회의원의 얼굴 사진에 붉은 페인트로 X를 그리고는 센터로 들어서는 사람들을 향해 삿대질하며 외쳤다.

"왜 내 세금으로 너희들 자위하는 걸 도와줘?"

나는 할아버지의 외침을 푹 꺼진 침대에 파묻힌 채로 곱씹었다. 자위라니. 이번에 처음 들은 말은 아니었다.

*

센터 자리는 한정적이었기에 모든 작가들이 센터에 들

어갈 수는 없었다. 센터에 들어가지 못한 작가들은 자기 나름 대로의 증명 방법을 찾기 위해 고군분투했다. 내 동료 작가 지망생 D와 E도 그러했다.

D는 인터넷 방송을 켜고서 소설 쓰는 모든 과정을 생중계했다. 사람들은 채팅으로 이리저리 내용에 훈수를 두었고, 그 탓에 소설 내용이 산으로 갈 뻔 했으나, D의 번쩍이는 재치와 아이디어로 가까스로 소설을 마무리 지을 수 있었다. D는 한 달 생활비도 되지 않는 원고료를 받고서 책을 출간했으나, 판매량은 10권에 남짓했다. 이미 사람들이 인터넷 방송을 통해 소설의 모든 내용을 알고 있었기 때문이었다.

D는 절필하고서 인터넷 방송인이 됐다. 처음에는 문학 유튜버를 자처하며 좋은 책들을 리뷰했는데, 조회 수가 좋지 못하자 베스트셀러 작가들을 과격하게 물어 뜯기 시작했다. 조회 수는 폭발했으나 명예훼손으로 고소를 당해 그간 번 돈들을 모두 토해내야 했다. 그러나 D는 내게 후회하지는 않는다고 했다. 그의 열렬한 팬들이 남았기 때문이다. D는 팬들에게서 후원을 받아 합의금을 충당했고, 이어서 굿즈를 제작하고(D의 과거 작품도 포함되어 있다.) 그것들을 팔아 돈을 벌었다. 외제차 키를 테이블 위에 던져 놓던 D는 자기가 쓰던 공책과 연필을 내게 주면서 말했다.

"자기만족은 거기까지 해."

[시놉시스]

무명 소설가는 자신이 표절하지 않았다는 증거를 모으기 위해 동분서주한다. 자신과 함께 합평 수업을 했던 사람들에게 증언을 부탁하지만 그들은 이런 민감한 사항에 끼어들지 않으려 한다. 무명 소설가의 친구 A는 먼저 쓴 것이 중요한 것이 아니라 먼저 발표를 하는 것이 중요하다고 말한다.

무명 소설가는 독립 서점에 방문해서 G가 자신이 먼저 무명 소설가보다 작품을 발표했다며 증거로 제시한 책을 구매하려 한다. 그런데 독립 서점에서는 해당 책의 절판 및 회수 요청이 들어왔으며 원고를 다시 대형 출판사에서 재출간한다는 말을 들었다고 한다. 결국, 무명 소설가는 아무런 증거도 확보하지 못한 채 수상 취소 통보를 받는다.

*

내 또 다른 동료 작가 지망생 E는 명동 거리 한 중간에 투명 유리 부스를 설치하고서 그곳에서 소설을 썼다. 책상과 의자, 공책과 연필 한 자루가 전부였다. 행위 예술에 가까웠다. 사람들은 소음이 가득한 환경 속에서도 글을 써 내려가는 E를 신기해하며 핸드폰으로 들이밀며 말을 걸었으나, E는 답하지 않았다. 소설가 전기 영화가 망했듯이 지나치게 단조로운 E의 생활에 사람들은 금방 흥미를 잃고서 부산스럽게 늘어진 길거리 음식들에 더욱 집중했다.

　그러기를 한 달 째, E의 중지에는 물집이 잡혔고, 손날은 탄광을 다녀온 광부의 얼굴처럼 흑연으로 까맣게 물들어 있었다. 공책은 바닥에 하나, 둘 쌓여 갔다. 대하소설이라도 쓰는 것인가 싶었다. AI에게 10분짜리 영상도 요약해달라 하는 세상인데, 어느 누가 읽을까 싶었다. 그런데 한 취객의 갑자기 E를 보며 꼴값을 떤다며 유리 부스에 주먹을 날렸다. 유리 조각들이 E의 얼굴과 손에 박히며 피가 쏟아졌고, 그 탓에 공책이 알아볼 수 없게 훼손되어버렸다.

　E는 그 이후로 절필했다. 취객에게 합의금을 받아 성형을 해 배우가 될 것이라 했다. 속으로 배우의 얼굴들도 AI가 학습해서 사용하고 있다고 생각했으나 말을 하지는 않았다. 얼굴에 붕대를 치감은 E가 내게 말했다.

　"나도 잘 알아. 소설 속 만큼은 자유로울 수 있는 거. 그런데 이거 하나 알아둬. 현실에서 네가 자유로워야, 그 안에서도 네가 계속 자유로울 수 있어. 현실이 늘 먼저야."

*

손이 저려왔으나, 쓰기를 멈추지 않았다. 탄력을 받은 마라토너처럼 지금 멈추면 누군가에게 따라잡힐 것만 같았다. 계속해서 썼다.

[시놉시스]
무명 소설가는 대형 출판사에서 재출간된 G의 책들을 읽는다. 미묘하게 살짝 변주되었을 뿐, 무명 소설가의 작품과 거의 일치한다. 작품이 최초 발표된 날짜들을 보니 일주일 정도 차이가 난다. 모든 것을 빼앗겼다고 생각한 무명 소설가는 G를 찾아가려 한다.

무명 소설가는 출판사에 메일을 보내 G를 강연에 섭외하고 싶다고 말하면서 G의 연락처를 알아내려하지만 거절당한다. 그러자 무명 소설가는 출판사에 편집자로 입사하면서 G에 대한 정보를 알아낸다. 새로운 G의 원고를 받아든 무명 소설가는 한 번 더 놀란다. 이번에는 자신이 아니라 과거 자신에게 조언을 해준 친구 A의 원고와 똑같았기 때문이다. G의 연락처로 무명 소설가가 연락을 하면서 그와 만날 약속을 잡는다.

*

인간 창작 확인 센터 필증 – 위 작품은 해당 작가에 의해 직접 쓰였음을 문화체육관광부 장관이 보증함.

필증을 받아들었다. 밖으로 나온 나는 만기 형량을 채우고 출소하는 범죄자처럼 하늘을 보고서 기지개 폈다. 누가 봐도 만족할 만한 글을 써냈다. 이 정도면. 내가 직접 글을 썼다는 데에 그 누구도 의문을 제시하지 않을 것이다. 쉴 틈 없이 곧장 파주 출판 단지로 향했다. 로또 1등을 맞은 사람처럼 원고가 담긴 봉투를 품에 꼭 쥐고서.

어느덧 M사 사옥 앞에 도착했다. M 출판사 사옥은 말 그대로 궁전 그 자체였다. 그동안 주변 부지들을 사들이고 사옥을 증축하여 십 년 전보다 건물의 규모가 배로 더 커졌다. 그들이 이렇게 몸집을 키울 수 있던 것은 모두 AI 기업과 협약을 체결하여 사람들에게 콘텐츠를 독점적으로 공급했기 때문이었다. 그들은 확보한 글을 바탕으로 영화, 웹툰 등 2차 산업에 AI를 활용하여 손쉽게 뛰어들 수 있었고, 그렇게 만들어진 작품은 자본의 힘으로 각종 차트를 점령하며 문화제국을 파주에 세우고 만 것이다.

입구에는 한눈에 봐도 작가로 보이는 이들이 줄을 서고 있었다. 그도 그럴 것이 나처럼 모두 품에 센터 확인증과 더불어 봉인된 서류 봉투를 꼭 쥐고 있었다. 나는 원고를 담은 봉투가 손의 땀에 의해 젖을까 노심초사했다. 봉투에 조금이라도 손상이 간다면, 센터 확인 효력은 사라졌다. 몇 시간이나 기다렸을까? 마침내 사옥 안으로 들어갈 수 있었다. 편집자 P가 피곤한 눈을 하고서 내게 손을 내밀었다.

"원고 가져왔습니다."

P와는 안면이 있었다. 그와 작품과 관련하여 이야기를 나눈 적이 있었다. 물론 앞서 여러 사건들이 터지면서 계약은 물 건너가고 말았지만 말이다. 그때 P는 상냥하다는 말이 모자를 정도로 내게 '선생님'이라 말하며 지나치게 예의를 차렸다. 그러나 그때는 달랐다.

"센터 확인증은 있어요?"

P의 목소리는 차가웠다. 나는 웃던 것을 멈추고는 원고 봉투와 센터 확인증을 그에게 건넸다. 손이 달달 떨렸으나, P는 무심하게 원고를 받아들고는 CCTV를 향해 들어 보이고는 큰 목소리로 말했다.

"오늘 1789번 째 원고입니다."

P는 능숙하게 커터 칼로 봉투의 씰을 제거하고는 원고를 꺼내보았다. 고개를 돌려보니 여기저기서 봉투 찢는 소리가 들려왔다. 죄수의 목을 내려치고 있는 것 같아 숨막히는 분위기였으나, 자신은 있었다. 내가 어떻게 썼는데. 고시원 같은 방에서 손에 멍이 들어가면서 밤새 글을 썼다. 좋지 않을 리가 없었다. 애초에 좋지 않았다면 여기에 가지고 오지도 않았다.

나는 내게 펼쳐질 베스트셀러 작가의 삶을 상상했다. 좋은 집에 좋은 차, 어쩌면 애인도 생길지도 모르겠다. 부모님께도 이제야 효도할 수 있겠지. 만약 친구들이 돈을 빌려 달라면 어떻게 하지? 작가는 가난하다는 인식이 있으니까, 괜찮을 거야. 그런데 별안간 스캐너에다 원고를 넣던 P가 컴퓨터 화면을 바라보더니 다시 원고를 봉투에 담으며 내게 건넸다. 나는 P에게 따지듯이 물었다.

"왜요?"

P는 귀찮은 듯이 눈도 마주치지 않고 화면을 내게 돌렸다. '유사도 83퍼센트'라 적혀 있었다. 그러나 나는 물러나지 않았다.

"아니, 이유를 말해줘요."

"이미 시중에 있는 내용이에요."

나는 봉투를 P를 향해 들이밀며 외쳤다.

"그럴 리가요. 여기 내용은 제가 직접⋯."

그러자 P가 전자책 리더기를 잡아들고는 한참을 내려서 내게 내밀었다. 작가 K가 쓴 소설이었다. 내가 센터에 입소하던 중에 발표된 소설로 알라딘 세일즈 포인트는 0에 가까웠다. 머리를 한 대 얻어맞은 것만 같았다.

"왜 그러셨어요? 또."

P의 짜증 섞인 말과 함께 노력은 한순간에 물거품이 됐다. 나는 필사적으로 P에게 빌기 시작했다. 돈이 없었다. 원고료가 아니라면 밀린 월세를 내지 못할 것이었다. 그러자 P가 안쓰럽다는 표정을 짓더니 고개를 숙여 내게 제

안을 하나 했다.

"AI 자료로는 쓸 수 있을 것 같은데, 어떻게 생각 있어요?"

내가 답을 주저하고 있자, P는 재빠르게 서랍 안에서 서류 한 장과 함께 현금다발을 꺼냈다. 서류는 AI 자료 수집 동의서였다. 감옥 같은 곳에서 고생한 것치고 쥐꼬리만한 돈이긴 했지만, 아끼기만 한다면 다음 글을 쓸 때까지 버틸 수 있는 정도였다. 조건은 한 가지. 작품의 저작권을 완전히 AI 회사에 넘기는 것이었다. 서명란에 쉽게 이름을 적을 수가 없었다.

"선생님. 빨리하세요. 지금 다들 밀렸어요."

뒤에 선 작가들이 나를 손가락질하며 뭐라 소심하게 항의하고 있었다. 곧 퇴근 시간이었다. 심드렁한 표정의 P와 원고를 제출하기 위해 안달이 난 작가들을 보며 나는 서류에 서명했다. P는 현금을 내게 건네며 말했다.

"선생님, 포기하지 마세요. 다음에는 더 좋은 작품을 기대하겠습니다."

*

[시놉시스]
무명 소설가는 거대한 궁전 같은 집에서 G를 만난다. 어렵게 만난 G는 익숙한 얼굴로, 가만 보니 서점에서 언쟁을 벌

였던 손님이다. 자리에 얼어 붙은 무명 소설가를 본 G는 기다렸다는 듯이 그를 자리에 앉히고는 자기 이야기를 시작한다.

과거 G는 어느 누구보다도 창작에 열정적이었다. 어쩌면 무명 소설가보다도. 그러나 G에게 재능은 없었다. 그는 번번히 공모전에서 낙방했고, 그때마다 자기 자신을 원망했다.

처음에 그는 먹고 살기 위해 '글쓰기 프로그램'을 개발했다. 오랫동안 글을 써온 자신의 노하우를 담아 만든 프로그램이었다. G는 글을 쓰는 주변인들에게 먼저 프로그램을 권했다. 그 중에는 학과에서 촉망 받는 지망생 A도 있었다. 교수님을 포함해 모두들 지망생 A의 글을 읽고는 눈물을 흘리며 감탄했다.

G는 지망생 A의 글을 읽고는 자괴감에 빠졌다. 왜 자신은 이렇게 글을 쓸 수 없는 것일까? 자괴감은 금방 질투로 변했다. G는 지망생 A에게 질투를 느끼고는 자신의 프로그램을 악이용해 A의 글을 모조리 데이터화하고는 때를 기다렸다.

A가 상을 수상하고, 작가로서 성공가도를 달리고 있을 때, G는 행동했다. 각종 언론과 sns에 동시다발적으로 폭로를 했다. 그가 인공지능 프로그램을 이용했다고.

*

　무명 소설가는 G의 말을 듣고는 작가 A를 떠올렸다. 그 때문에 한국 대부분의 문학 공모전이 폐지되었다지.

　G는 서점에서 무명 소설가와 언쟁을 벌인 당일, 자신의 프로그램을 이용해 무명 소설가의 작품을 보았고, 그의 소설에 매료되었다고 했다. 자신의 것으로 주장하고 싶을 만큼 말이다.

　모든 사실을 알아차린 무명 소설가는 G에게 화를 내면서 당장 사과하라 말하지만, G는 이 세상에서 무명 소설가의 말을 들을 사람은 없다고 비웃는다. 세상에 나온 모든 증거가 이미 소설들이 G의 것이라 가리키고 있었으니.

　무명 소설가는 미리 준비해온 흉기로 G를 위협한다. G는 흉기의 위협에는 아랑곳하지 않고 오히려 흉기를 잡아들고는 자신의 가슴에 가져다댄다. 그러고는 의아해하는 무명 소설가에게 말한다.

　'이렇게 되면 이제 네 작품들은 진짜 내 것이 되겠지.'

　G는 그렇게 죽고, 경찰에 의해 끌려나가던 무명 소설가는 자신이 한 짓이 아니라 말하지만 그 누구도 그의 말을 믿지 않는다.

*

파주에서 서울로 가는 2층 버스를 탔다. 나는 2층에 자리를 잡고서 멍하니 노을이 져 가는 거리를 바라보았다. P가 내민 현금을 차마 주머니에 넣지 못하고 손에 쥐고만 있었다. 거리에는 출판사에 원고를 제출하지 못한 작가들로 가득했다. 그들은 내일을 기약하며 원고를 품에 안고서 버스 정류장에서, 지하철 역에서, 때론 펭귄처럼 한데 모여서 잠에 들었다. 나는 합정역에 내려 지하철로 갈아타려다 발걸음을 멈추었다. 인간 창작 확인 센터 팻말이 보였다. 나는 팻말과 현금을 쥔 손을 번갈아 보았다.

돌아가지 못할 것이라는 생각이 들었다. 첫 소설의 방점을 찍었을 때 나는 이미 과거로 돌아가지 못할 것임을 알고 있었다. 그렇지 않고는 내 행동을 도저히 설명할 수가 없었다. 어떤 위기의 순간에도, 시대에도, 쓰는 사람, 아니 목격하는 사람은 늘 있었다. 우리는 그들을 작가라 불렀다. 나는 기억을 더듬으며 다시 인간 창작 확인 센터로 발걸음을 돌렸다.

작가의 말

어떨 때는 집을 짓는 심정으로, 또 어떨 때는 그림을 그리는 심정으로 작품을 썼습니다.

벽돌을 나르듯 문장을 쌓고, 붓질을 하듯 문단 사이를 메꾸면서 하나의 세계를 만들어내는 것이지요.

그러나 이번에는 다른 때보다 '요리'하는 심정으로 글을 썼습니다.

소재들을 데치고, 볶고, 끓여내여 하나의 코스 요리로 여러분께 다가가려 했습니다.

소재 자체가 '스파게티' '문어' '맥주' 등 먹는 것들과 깊이 연관된 것도 그렇지만, 그보다는 앞선 두 심정과는 다르게 한 발 더 여러분께 다가가고 싶은 마음이 더 컸습니다.

팔을 괴고는 거리를 두고서 작품을 바라보는 것이 아니

라, 냄새를 맡고 맛을 보는 것처럼 조금 더 거리를 좁혀 가까이, 우리 주변에 있는 이야기를 하려 했습니다.

  엄선된 코스 요리이지만 단순히 일반적으로 '맛있는' 음식들은 아님을 밝혀둡니다.
  김치찌개나 돈까스 같이 익숙한 맛부터 경험해본 적 없는 특이한 맛까지.
  몇몇 작품에서 '이게 뭐냐' 하면서 얼굴을 찌푸릴지도 모릅니다만 그럴 땐 여기 주인장을 탓하면 됩니다.
  그 주인장이 좀 이상한 사람이라 그것들 또한 누군가에게는 '맛있을' 것이라 믿는다고 합니다.

  잡설이 길었습니다.
  리뷰와 함께 평점 5점을 남겨주시면 서비스를 드리진 못합니다만, 또 다른 좋은 작품으로 찾아뵙겠습니다.
  감사합니다.

2024년 9월
김준녕 드림